호르헤 루이스 보르헤스　Jorge Luis Borges

1899년 아르헨티나의 부에노스아이레스에서 태어났다. 1919년
스페인으로 이주, 전위 문예 운동인 '최후주의'에 참여하면서 본격적인
문학 활동을 시작한 그는 부에노스아이레스에 돌아와 각종 문예지에
작품을 발표하며, 1931년 비오이 카사레스, 빅토리아 오캄포 등과 함께
문예지 《남쪽》을 창간, 아르헨티나 문단에 새로운 물결을 가져왔다.
한편 아버지의 죽음과 본인의 큰 부상을 겪은 후 보르헤스는 재활 과정
에서 새로운 형식의 단편 소설들을 집필하기 시작한다. 그 독창적인
문학 세계로 문단의 주목을 받으며 세계적인 명성을 얻기 시작한 그는
이후 많은 소설집과 시집, 평론집을 발표하며 문학의 본질과 형이상학
적 주제들에 천착한다. 1937년부터 근무한 부에노스아이레스
시립 도서관에서 1946년 대통령으로 집권한 후안 페론을 비판하여
해고된 그는 페론 정권 붕괴 이후 아르헨티나 국립도서관 관장으로
취임하고 부에노스아이레스 대학에서 영문학을 가르쳤다. 1980년에는
세르반테스 상, 1956년에는 아르헨티나 국민 문학상 등을 수상했다.
1967년 66세의 나이에 처음으로 어린 시절 친구인 엘사 밀란과
결혼하였으나 삼 년 만에 이혼, 1986년 개인 비서인 마리아 코다마와
결혼한 뒤 그해 6월 14일 제네바에서 사망하였다.

일러스트 피터 시스　Peter Sis

1949년 체코에서 태어나 미국에서 삽화가로 활동하고 있다.
뉴욕 타임스에서 선정한 올해의 일러스트 북에 일곱 번이나 선정되었으며
전 세계의 유수한 일러스트 상을 수상했다. 특히 이 작품에서는
보르헤스의 상상 속 세계를 독창적이고 생생한 그림으로 구현하여
높은 평가를 받았다.

보르헤스의

상상
동물
이야기

보르헤스의

상상
동물

이야기

El libro de los
seres imaginarios

호르헤
루이스
보르헤스

남진희 옮김

민음사

1967년판의 서문

이 책의 제목은 햄릿 왕자, 점, 선, 평면, 관처럼 생긴 것, 입방체, 창조와 관련된 모든 단어들, 그리고 우리 한 사람 한 사람과 신을 망라한 모든 것을 정당화할 것이다. 한마디로 삼라만상, 즉 우주를 다룰 것이다. 그러나 이 책에서 직접적으로 언급하는 것은 '상상의 존재'에 국한된다. 즉 시간과 공간 속에서 인간의 환상이 만들어 낸 기묘한 존재들에 대한 자료를 편집했다는 의미이다.

일상생활에서 우주의 의미를 무시하고 살아가는 것처럼, 우리는 용(龍)의 의미 또한 애써 축소하거나 무시한 채 살아간다. 그러나 인간의 상상과 일치하는 용의 이미지에는 확실히 어떤 의미가 있다. 그러므로 다양한 시대와 장소에서 용이 계속 출현하는 것이다.

이런 종류의 책은 필연적으로 불완전할 수밖에 없다. 그러나 이 책의 내용을 확장하여 새로운 책을 편집할 때에는, 그 책의 중심을 잡아 줄 것이다.

우리는 이 책을 접하게 될 콜롬비아나 파라과이의 독자들을 책의 편집에 직접 초대하고 싶다. 그 지방 괴물들의 정확한 이름과 독특한 성격, 그리고 이것들에 대한 자세한 묘사 등을 우리에게 보내 주기 바란다.

다른 모든 종류의 수필이나 우리에게 마르지 않는 지혜의 샘을 제공하는 로버트 버턴, 프레이저, 플리니우스의 책과 마찬가지로, 이 책 역시 일관된 내용으로 구성되진 않았다. 만화경이 보여 주는 여러 가지 변이 형태들을 가지고 재미있게 놀듯이, 호기심 있는 독자 여러분이 이 책의 이런저런 내용을 마음대로 확장해 나갔으면 좋겠다.

이 선집의 출전은 글자 그대로 다양하다. 우리는 각 장에 출전을 밝혀 놓았다. 무의식적으로 출전을 생략한 부분이 있을 수도 있는데, 그에 대해서는 독자 여러분의 너그러운 용서를 구한다.

1967년 9월
호르헤 루이스 보르헤스와
마르가리타 게레로 마르티네즈

차례

일러두기 :

이 책에서 원주는 본문 내에, 옮긴이 주는 각 장의 말미에 각각 표기
되어 있다.

아 바 오 아 쿠

세상에서 가장 신비한 곳을 보고 싶다면 치토르에 있는 승리의 탑 꼭대기에 올라가 보라. 그곳에는 지평선이 한눈에 내려다보이는 커다란 원형 전망대가 있다. 전망대에 오르려면 나선형 계단을 통해야 하는데 다음 우화를 믿지 않는 사람만이 그곳에 오를 수 있다.

머나먼 옛날, 시간이 시작된 태초부터 승리의 탑 계단에는 인간 영혼의 아름다운 미덕에 민감한 아 바오 아 쿠가 살고 있다. 이 동물은 혼수상태에 빠진 채 첫 번째 계단에 잠들어 있다. 그러나 누군가 계단을 오르기 시작하면, 잠에서 깨어나 생명을 향유하게 된다. 가까이 다가선 사람의 숨결이 그에게 생명을 불어넣어 주면, 몸속 깊숙이 감춰져 있던 빛이 온몸으로 전해진다. 동시에 그의 투명한 몸과 가죽이 조금씩 움직이기 시작한다.

누군가 계단을 오르면 아 바오 아 쿠는 승리의 탑을 찾은

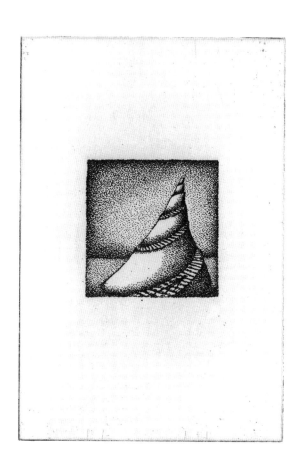

사람의 발뒤꿈치에 달라붙는다. 그리고 수 세기에 걸쳐 순례자들의 발길에 닳을 대로 닳아 맨질맨질해진 꾸불꾸불한 계단의 가장자리를 따라서 올라간다. 계단을 오를 때마다 색깔이 진해지고 형태를 갖추면서, 동물은 점차 강한 빛을 발하게 된다. 같이 올라가는 사람이 영적으로 깨어 있을 경우에만, 마지막 계단에서 완전한 형태를 갖추게 된다는 것을 보면 이것이 얼마나 민감한 동물인지 알 수 있다. 만일 계단을 오르는 사람이 영적으로 깨어 있지 않은 경우, 아 바오 아 쿠는 마지막 계단에 이르러서도 예전과 마찬가지로 불완전한 형태에 선명하지 못한 색깔을 지닌 채 희미한 빛만 발한다. 아 바오 아 쿠는 완전한 형태를 갖추지 못하면 심한 고통을 받게 된다. 그리고 거의 들리지 않을 정도로 가느다란, 비단 스치는 듯한 신음 소리를 흘린다. 그러나 남자든 여자든 그를 부활하게 해 준 사람이 지고지순한 사람이라면 아 바오 아 쿠는 마지막 계단에 올라선 순간 완전한 모습을 갖추고 생기 넘치는 푸르스름한 광채를 발산한다.

이 동물이 깨어 있는 시간은 매우 짧다. 순례자가 탑을 내려가는 순간, 아 바오 아 쿠는 다시 첫 번째 계단으로 굴러떨어진다. 그리고 그곳에서 주변의 흐릿한 금속판과 비슷한 형태로 몸을 움츠리고는 다음 방문자를 기다린다. 그의 모습을 선명하게 볼 수 있는 순간은 계단을 반쯤 올라갔을 때뿐이다. 바로 그때 이 동물이 점점 커지는 모습을 확연히 볼 수 있는데 마치 작은 손처럼 볼록 튀어나온 부분이 그가 계단을 오를 수 있도록 도와준다. 온몸으로 사물을 볼 수 있으며, 그 형상이 복숭아 껍질을 연상시킨다고 말하는 사람도 있다. 그토록 오랜 시간이 흘렀건만 아 바오 아 쿠가 완전한 모습을 갖춘 것은 단 한 번뿐이었다고 한다.

버턴 선장은 아 바오 아 쿠에 대한 전설을 자신이 편역한 『아라비안나이트』에 수록했다.

승리의 탑: 인도의 라자스탄 주(州) 우다이푸르 군(郡)의 치토르가르에 있는 15세기에 세워진 탑을 가리키는 것이라 추측된다.

리처드 F. 버턴: 19세기 영국의 탐험가, 동양학자, 기행문 작가. 『아프리카의 호수 지대』를 썼으며 『아라비안나이트』를 완역했다.

아브투와 아네트

이집트 신화에 따르면, 아브투와 아네트는 똑같이 생긴 성스러운 물고기이다. 그들은 태양신 라의 배 앞을 헤엄쳐 다니며 신에게 위험을 미리 알려 주는 역할을 한다. 태양신 라의 배는 낮에는 태양이 뜨는 쪽에서 지는 쪽으로 하늘을 항해하지만, 저녁에는 반대로 태양이 지는 쪽에서 뜨는 쪽으로 땅속을 항해한다.

안피스베나

『파르살리아』라는 책에는 카토의 병사들이 아프리카 사막에서 맞닥뜨렸던, 진짜인지 아니면 지어낸 것인지 알 수 없는 파충류에 대한 이야기가 나온다. 지팡이가 걸어가듯이 꼿꼿이 서서 나아가는 파레아스와, 화살처럼 공기 중을 날아다니는 야쿨리에, 그리고 머리가 둘인 안피스베나가 그 주인공이다. 플리니우스도 거의 똑같은 단어로 안피스베나에 대해 기술한 적이 있다. 그는 이런 설명을 덧붙였다. "그 독을 모두 뿜으려면 입 하나로는 너무 부족한 듯하다." 브루네토 라티니의 『보전(寶典)』 —— 브루네토 라티니가 일곱 번째 지옥에서 옛 제자들에게 권했던 백과사전 —— 에는 이 동물이 좀 더 명확하게, 그리고 가볍게 묘사되었다. "안피스베나는 머리가 둘 달린 뱀이다. 하나는 제자리에 붙어 있지만 다른 하나는 꼬리에 붙어 있다. 머리 두 개로 자연스럽게 먹을 수도 있고 또 날렵하게 달릴 수도 있다. 그리고 눈은 마치 등불처럼 빛난다." 18세기 사람인 토머스 브라운 경은 위, 아래, 앞, 뒤, 왼쪽, 오른쪽이 없는 동물은 있을 수 없다고 말했다. 따라서 양 끝이 앞이 될 수 있는 안피스베나 같은 동물은 존재할 수 없다고 단언했다. 안피스베나는 그리스어로 '두 방향으로 나아갈 수 있는 것'이라는 뜻이다. 앤틸리스 지방과 아메리카 대륙의 특정 지역에서는 이 명칭을 두 방향으로 걷는다고 알려진 파충류, 그리고 '머리가 둘인 뱀' 혹은 '개미들의 어머니'라고 알려진 파충류를 가리키는 데 사용한다. 개미들이 이 뱀을 떠받들고 있으며, 설령 두 토막이 나더라도 각각의 토막이 곧바로 합쳐져서 다시 하나가 된다고 한다.

플리니우스는 안피스베나가 약재로서 효용이 있다고 말했다.

『파르살리아』: 로마의 서사시인이자 철학자인 세네카의 조카 루카누스(39~65)의 서사시. 카이사르와 폼페이우스의 내분을 그린 서사시 『내란기』(10권)의 별칭으로, 유명하지만 미완성 작품이다. 카토는 폼페이우스파의 영웅이었다.

플리니우스: 1세기 로마의 정치가, 군인, 학자. 이 책에서 가장 자주 언급되는 『박물지』(37권)는 플리니우스 자신이 서문에 "저자가 탐구한 100명의 저작자에게서 얻은 2만 개의 주목할 만한 사실을 36권으로 모으고, 그 위에 선학(先學)들이 무시했던 사실들 혹은 뒤의 경험을 통해 발견한 사실들을 많이 추가했다."라고 기술한 방대한 내용의 저서이다. 1권은 목차에 해당하고, 2권의 우주론부터 37권의 보석류에 이르기까지 박물학의 보고라 할 만

한 내용이 담겨 있다.

브루네토 라티니: 13세기 피렌체의 학자, 정치가. 『보전(寶典)』은 그가 파리 망명 시절에 지은 것이다. 그는 단테의 『신곡』의 「지옥편」 제15곡 제7옥에 "자연에 거역한 자"로 등장한다. 단테가 그의 '옛날 제자'라고 알려져 있지만 실제로 라티니는 젊은 단테의 친구로서 감화를 주었지 스승은 아니었던 듯하다. 『보전』의 제15곡 118~120행을 참고하라.

앤틸리스 지방: 서인도 제도에 속한 열도.

스웨덴보리의 천사

과학자이자 철학자로서, 학문에만 매달렸던 에마누엘 스웨덴보리는 생의 마지막 이십오 년을 런던에서 보냈다. 그런데 영국인들은 대화하는 것을 별로 좋아하지 않았기 때문에 그에게는 악마나 천사와 이야기를 나누는 기이한 버릇이 있었다. 신은 그에게 피안의 세계를 방문하여 그곳 주민들과 대화를 나눌 수 있도록 허락했다. 예수는 천국에 들기 위해서는 당연히 정직한 영혼을 가져야 한다고 말했다. 그런데 스웨덴보리는 여기에 덧붙여서 영리하기도 해야 한다고 말했다. 훗날 블레이크는 한술 더 떠서 예술적이어야 한다고 말하기까지 했다.

스웨덴보리의 천사들은 천국을 선택한 영혼들이다. 그리고 언어를 사용하지 않고 살아간다. 만일 한 천사가 다른 천사를 자기 곁으로 부르고 싶으면, 부르고 싶은 천사를 머리에 떠올리기만 하면 된다. 지상에서 서로 사랑했던 두 사람은 하나의 천사가 된다. 천사들의 세계는 사랑의 지배를 받는다. 각각의 천사는 하나의 하늘나라이다. 천사의 생김새는 가장 완벽한 인간의 모습과 똑같다. 하늘나라의 형태 역시 마찬가지이다. 천사들은 북쪽, 남쪽, 동쪽, 서쪽, 어느 쪽을 향하더라도 언제나 신과 얼굴을 마주할 수 있다. 특히 천사들은 모두 신학자이다. 그들의 가장 큰 기쁨은 영적인 문제에 대하여 함께 대화하고 토론하는 것이다. 지상에 있는 사물은 하늘나라에 있는 사물을 상징한다. 예를 들면 태양은 하늘나라의 신에 해당한다.

천국에는 시간이 존재하지 않는다. 모든 사물은 마음의 상태에 따라서 변화한다. 천사들은 각자의 지혜에 따라 다양한 복장을 하고 있다. 지혜가 많을수록 빛이 강하다. 천국에서도 지상에서 부자였던 사람들이 가난했던 사람들보다 부자로 산다. 왜냐하면 부자였던 사람들은 부에 길들어 있기 때문이다. 천국에서 물체나 가구 그리고 도시와 같은 것은 우리 지상의 물체들보다 구체적이고 복잡하다. 색채 또한 훨씬 다양하고 생생하다.

영국 출신의 천사들은 정치에 대해 이야기하기를 좋아하고, 유대 출신의 천사들은 보석 거래를 좋아하고, 독일 출신의 천사들은 대답하기 전에 해답을 찾아볼 요량으로 언제나 책을 가지고 다닌다. 이슬람교도들은 언제나 마호메트를 존경한다. 따라서 신은 이슬람교도들에게는 언제나 예언자인 척하는 천사들만 보낸다. 영적으로 가난한 사람들과 은둔자들은 천국의 즐거움을 맛볼 수 없다. 왜냐하면 그들은 쾌락을 이해하지 못하기 때문이다.

에마누엘 스웨덴보리: 18세기 스웨덴을 대표하는 철학자, 신비주의자, 저술가. 그는 성서를 신의 직접적인 목소리로 이해했으며, 또한 정령과 인간계의 교류가 가능하다고 주장했다.

카프카의 상상 동물

　그것은 여우의 꼬리처럼, 몇 미터나 되는 기다란 꼬리를 가지고 있었다. 나는 가끔 그 꼬리를 만지고 싶었다. 그러나 그것은 불가능했다. 그 동물은 쉴 새 없이 움직였고, 때문에 꼬리도 이쪽에서 저쪽으로 자주 방향을 바꾸었다. 생김새는 캥거루를 닮은 데가 있었지만 작고 별다른 특징이 없는 타원형의 작은 얼굴은 어찌 보면 인간과 비슷하기도 했다. 그것은 이빨을 감추거나 드러냄으로써 자신의 생각을 표현했다. 가끔 나는 이 동물이 나를 길들이려고 하지 않았나 하는 생각을 한다. 만일 그럴 의도가 없었다면 왜 내가 꼬리를 잡으려고 하면 잡히지 않으려고 방향을 싹 틀었다가는 조용히 앉아서 내가 다시 꼬리를 잡고 싶은 유혹을 느낄 때까지 기다려 또 방향을 틀곤 했겠는가.

프란츠 카프카

『시골에서의 결혼 준비』, 1953.

C. S. 루이스의 상상 동물

　힘찬 노랫소리가 들려왔다. 어둠이 짙게 깔리기 시작했다. 노랫소리가 끊어졌을 때는 이미 1미터 앞도 보기 힘들었다. 풀잎이 쓰러지는 소리가 들렸다. 랜섬은 얼른 그쪽으로 고개를 돌렸다. 그러나 아무것도 보이지 않았다. 수색을 포기할까 생각했다. 그 순간 좀 더 먼 곳에서 다시 노랫소리가 들려왔다. 다시 그쪽으로 고개를 돌렸다. 그러자 노래를 부르던 것은 입을 다물고 도망쳐 버렸다. 이런 식의 숨바꼭질이 한 시간 이상 계속되었다. 결국 그의 노력은 작은 보상을 받았다.

　그는 힘찬 노랫소리가 들려오는 방향으로 조심스럽게 나아갔다. 울창한 나뭇잎 사이로 검은 물체가 보였다. 노랫가락이 멈추면 그도 잠시 걸음을 멈추었고, 노랫가락이 들리면 조심스럽게 다시 나아갔다. 이런 식으로 십여 분 동안 그는 조심조심 앞으로 나아갔다. 마침내 노래를 부르던 주인공이 그의 눈앞에 모습을 드러냈다. 그 동물은 그가 훔쳐보고 있다는 것을 모르고 있었다. 그것은 윤기가 자르르 흐르는, 칠흑같이 검은 동물로, 개처럼 꼿꼿이 앉아 있었다. 그것의 어깨높이는 랜섬의 머리 높이 정도였다. 당차게 내민 앞발은 생기발랄한 나무 같았고 땅바닥에 굽히고 있는 발은 낙타의 발만큼이나 넓적했다. 크고 둥글둥글한 가슴팍은 온통 하얀색이었다. 어깨 위에는 말처럼 기다란 목이 얹혀 있었다. 그가 숨어 있던 곳에서는 머리 윤곽만 보였다. 그 동물의 입 사이로「환희의 송가」비슷한 것이 흘러나왔는데, 윤기가 흐르는 성대가 눈에 보일 정도로 떨리고 있었다.

그는 신비스러운 감정에 젖어서, 그 동물의 촉촉한 눈망울과 예민해 보이는 콧구멍을 바라보았다. 그 동물은 그를 발견하자 노래를 멈추고 뒷걸음질 쳤다. 몇 발짝 뒤로 물러서더니 네발로 우뚝 섰다. 아기 코끼리 정도의 크기였다. 그 동물은 길고 털이 수북한 꼬리를 돌돌 말았다. 페렐란드라에서 처음으로 인간에게 무서워하는 표정을 지어 보인 동물이었다. 그러나 그 동물이 그를 두려워한 것은 아니었다. 그가 조용히 부르자 그것은 가까이 다가왔다. 그리고 벨벳 같은 입술을 그의 손에 갖다 대고는 그가 만지도록 가만히 있었다. 그러나 그 동물은 금세 다시 뒷걸음질 치기 시작했고, 멈추어 서더니 기다란 목을 두 발 사이에 집어넣었다. 랜섬은 그 동물에게서는 아무것도 얻을 게 없다는 것을 눈치챘다. 그것은 그의 시선에서 벗어나 먼 곳으로 사라져 갔다. 그러나 그는 더 이상 그 동물을 쫓아가지 않았다. 쫓아가는 것 자체가 그 소심한 동물에게는 몹쓸 짓이라는 생각이 들었다. 아직까지 사람의 발길이 미치지 않은 숲 속 깊숙한 곳에서 목소리로만 기억되고 싶어 하는 듯한 고분고분하고 순한 그 동물의 소망을 짓밟고 싶지 않았다. 랜섬은 다시 길을 걸었다. 몇 초 지나지 않아서 그의 등

뒤에서는 힘차고 아름다운 노래가 들려왔다. 그 동물이 자유를 되찾은 기쁨을 노래로 표현하는 것 같았다.

이 동물은 젖이 나오지 않는다. 때문에 새끼들은 태어나자마자 다른 동물의 젖을 먹고 자란다. 새끼는 덩치는 크지만 귀엽게 생겼다. 그러나 이 노래하는 동물은 젖을 뗄 때까지 아무 소리도 내지 못한 채 다른 동물의 새끼들 틈에서 젖을 주는 암컷을 따른다. 어느 정도 자라면 이것은 동물 중에서 가장 섬세하고 화려한 모습을 지니게 된다. 그러고 나면 다른 동물의 암컷으로부터 독립한다. 암컷은 떠나가는 그 동물의 노래를 듣고 황홀감을 느낀다…….

C. S. 루이스

『페렐란드라』, 1949

클리브 스테이플즈 루이스: 20세기 영국의 작가. 주요 저서인 『사랑의 풍유(諷喩)』 외에 유머를 섞어서 기독교를 평이하게 설명한 『악마의 편지』와 연작 동화 『나니아 연대기』를 남겼다.

에드거 앨런 포의 상상 동물

에드거 앨런 포는 1838년에 출판된 『아서 고든 핌의 모험』이라는 소설에서 앤탁티커 섬에 살고 있는, 놀랍긴 하지만 믿을 만한 동물을 소개하고 있다. 포는 18장에서 이런 이야기를 전했다.

우리는 산사나무 열매처럼 붉은 열매가 주렁주렁 달린 나뭇가지를 주웠다. 그리고 기묘하게 생긴 육지 동물의 몸통도 주웠다. 그것의 길이는 90센티미터였고 키는 15센티미터였으며, 네다리는 짧았다. 발에는 빛나는 주홍색 발톱이 있었는데 그것들은 실제로 산호 같았다. 눈이 부실 정도로 하얀 털은 비단결처럼 반질반질했다. 꼬리는 생쥐처럼 끝이 뾰족했는데 길이가 50센티미터 정도였다. 머리는 고양이와 비슷했으나, 귀는 오히려 사냥개처럼 축 처져 있었다. 이빨은 발톱처럼 주황색이었다.

남녘 땅의 물 또한 상당히 독특했다.

처음에 우리는 물 마시기를 꺼렸다. 썩은 것처럼 보였기 때
문이다. 그 물의 성질에 대해서는 어떤 개념으로 설명해야 할
지 모르겠다. 수많은 단어를 사용해야만 설명이 가능할 것 같
다. 경사진 곳을 빠르게 흐르는 물은 폭포로 떨어질 때 말고
는 전혀 깨끗해 보이지 않았다. 경사가 완만한 곳을 흐르는 물
은 보통의 물에 아라비아고무 용액을 섞어 놓은 듯 끈적거렸
다. 그러나 이것은 좀 설명이 쉬운 편이었다. 대부분의 물은 색
깔이 있었을 뿐만 아니라, 그 색깔도 시시각각 변했다. 햇살 아
래에서 물결칠 때마다, 진홍빛의 비단 같은 물이 다양한 색조
를 띠었다. 우리는 조그만 용기에 물을 받아 놓고 가라앉기만
을 기다렸다. 그러자 물이 여러 층으로 나뉘는 것이 관찰됐다.
층마다 색깔이 모두 달랐으며 결코 섞이지도 않았다. 수직으로
칼을 찔러 넣으면 각각의 층은 상처가 아물듯이 입을 닫아 버
렸다. 그리고 칼을 치우면 금세 흔적이 사라졌다. 그러나 칼날
을 층과 층 사이로 정확하게 밀어 넣으면 완벽하게 따로 떼어
낼 수 있었다. 그리고 이 경우에는 원래 상태로 쉽게 돌아가지
않았다.

에드거 앨런 포: 19세기 미국의 시인, 소설가, 비평가. 괴
기스러운 단편 소설과 음악적인 시를 지어서 순수시의
시론, 상징파 등에 큰 영향을 끼쳤다.

구형 동물

구형(球型)은 고체의 형태에서 가장 변화가 적다. 왜냐하면 표면의 각 부분이 중심에서 같은 거리에 위치하기 때문이다. 플라톤(『티마이오스』33장)은 이런 이유로, 또 정해진 장소와 한계를 벗어나지 않은 채 일정한 중심을 따라 선회하는 지구의 특성을 들어 지구에 구형의 형태를 입힌 데미우르고스의 판단을 인정했다. 그는 지구를 살아 있는 존재로 판단했다. 그리고 『법률론』에서는 행성들과 또 다른 별들 역시 생명을 가진 존재라고 확신했다. 이와 같이 그는 여러 가지 구형 동물로 상상 동물학을 풍성하게 채웠다. 그리고 천체의 순환 운동이 자의적으로 이루어진다는 것을 이해하려 하지 않았던 어리석은 천문학자들을 비난했다.

오백여 년이 흐른 뒤 오리게네스는 알렉산드리아에서 운이 좋은 사람들은 다시 구형으로 부활하여 영원 속으로 들어간다고 가르쳤다.

동물과 마찬가지로 살아 있는 존재로서의 '하늘'이라는

개념은 르네상스 시대의 인물인 반티니를 통해 되살아났다. 신(新)플라톤학파의 마르실리오 피치노는 지구의 턱과 이빨, 그리고 뼈에 대해 다시 이야기했다. 그리고 조르다노 부르노는 행성들을 뜨거운 피와 일정한 습관, 그리고 이성이 있는 거대한 동물로 보았다. 17세기 초 케플러는 살아 있는 괴물로서의 지구라는 선험적인 개념에 대해 안과 의사인 로버트 플러드와 이렇게 토론했다. "고래와 같은 괴물이 잠들 때와 깨어날 때 한 번씩 내뿜는 호흡이 각각 밀물과 썰물을 만들어 낸다." 케플러는 이 괴물의 분자 상태, 영양, 색채, 기억력, 그리고 조형술 따위를 계속해서 연구했다.

19세기 독일의 심리학자 구스타프 테오도어 페히너(윌리엄 제임스가 『다원론적인 우주』라는 작품에서 매우 칭송했다.)는 천재적인 노력을 기울여 앞서 이야기했던 사람들의 견해를 재검토했다. 우리의 자비로운 어머니라 할 수 있는 지구가 유기체, 즉 식물이나 동물뿐 아니라 인간보다도 뛰어난 유기체일지 모른다는 그의 가정을 한낱 우스갯소리로 치부하지 않는 사람이라면 『젠드아베스타』의 기록을 검토해 보기 바란다. 거기에선 예를 들면 이런 이야기를 찾을 수 있을 것이다. 지구의 구(球) 형태는 우리 인간의 육체 중 가장 고귀한 기관인 눈과 그 형태가 같다. 또한 "만일 진짜로 하늘이 천사들의 집이라면 천사들이란 다름 아닌 별일 것이다. 하늘에는 별을 제외하고는 아무것도 없으니 말이다……."

데미우르고스: 그리스어로 '장인'이라는 뜻. 플라톤의 우주 생성론에서 신(神)의 별칭이다.

오리게네스: 2~3세기에 활동한 그리스의 신학자. 플라톤 철학과 기독교를 조화시켜 후세의 기독교 신비주의에 영향을 미쳤다.

거울 속의 동물들

18세기 전반기에 파리에서 출판된 『교화적이면서도 호기심을 불러일으키는 서간집』이라는 책에서 예수회 신부였던 P. 젤링거는 중국 광둥(廣東) 지방 사람들의 오류와 환상에 대해 언급했다. 서문의 개요에서 그는 아직 아무도 잡아 보지는 못했지만 많은 사람들이 거울 깊은 곳에서 보았다고 말하는, 빛나는 '물고기'에 대해 얘기했다. 젤링거 신부는 1736년에 세상을 떠났고 그가 시작했던 작업은 미완인 채로 남았다. 그로부터 백오십여 년 후 허버트 자일스가 중단되었던 이 과업을 다시 이어 나갔다. 그는 이 '물고기'에 대한 믿음은 전설에 나오는 황제(黃帝) 시대와 관련된 수많은 신화 중의 하나라고 이야기했다.

황제 시대에는 거울 속의 세계와 인간의 세계가 지금처럼 단절되어 있지 않았다. 오히려 성질과 색, 그리고 형태가 서로 다른 작은 통로들이 많았다. 거울의 세계와 인간의 세계는 평화를 지키며 거울을 통해서 왕래했다. 그런데 어느 날 저녁 거울 속의 사람들이 인간을 공격해 왔다. 그들의 힘은 대단했다. 그러나 피비린내 나는 전투 끝에, 인간은 황제의 신비한 능력에 힘입어 승리를 쟁취했다. 황제는 침략자들을 몰아낸 뒤 거울 속에 가두어 버렸다. 그리고 그들에게 일종의 꿈처럼 인간의 행위를 똑같이 따라 하라고 명령했다. 말하자면 그들의 힘뿐 아니라 본연의 형상까지도 빼앗아, 인간과 사물에 종속된 그림자로 만들어 버린 것이다. 그러나 그들은 언젠가 이 신비한 동면 상태에서 깨어날 터였다.

가장 먼저 잠에서 깨어날 것은 바로 그 '물고기'이다. 거울 깊숙한 곳에서 선이 나타날 것이고 그 선의 색깔은 다른 무엇과도 비교하기 어려울 것이다. 그다음에 다른 여러 가지 것들이 깨어날 것이다. 그것들은 점점 우리와 다른 모습을 띠게 될 것이고 더 이상 우리의 행동을 흉내 내지 않을 것이다. 또한 유리벽을, 혹은 금속으로 만든 벽을 깨고 뛰쳐나올 것이다. 그러나 이번에는 쉽게 굴복하지 않을 것이다. 거울 속의 사람들과 물속의 사람들이 힘을 합하여 인간에게 대항할 것이다.

윈난(雲南) 지방에는 '물고기' 대신 '거울 속의 호랑이' 이야기가 전해진다. 그리고 전쟁이 일어나기 전에 먼저 거울 깊숙한 곳에서 무기들이 부딪치는 소리가 들려올 것이라고 말하는 사람도 있다.

『교화적이면서도 호기심을 불러일으키는 서간집』: 정식 제목은 『다른 나라의 선교 집단에 의해 쓰인 교화적이면서도 호기심을 불러일으키는 서간집』으로서, 총 마흔세 권이 1781년에 출판되었다. 중국뿐 아니라 일본, 근동, 이집트, 에티오피아, 남북 아메리카, 필리핀 등 세계 각지에서 포교 활동을 하는 선교사들의 편지를 집대성한 책이다.

허버트 앨런 자일스: 19~20세기에 활동한 영국의 동양학자. 『중영 사전(中英辭典)』, 『중국 인명 사전』을 편찬했고, 그 외에 『중국 소묘』, 『유교와 그 대립자들』 등을 저술했다.

형이상학적인 두 동물

이데아의 기원에 대한 문제는 상상 동물학에 재미있는 두 종류의 피조물을 선사했다. 하나는 18세기 중반에, 또 다른 하나는 그보다 한 세기 뒤에 상상에 의해 만들어진 것이다.

첫 번째 것은 콩디야크의 '지각 능력이 있는 조각'이다. 데카르트는 선험적인 관념에 대한 플라톤적 원리를 말했다. 콩디야크는 이러한 데카르트의 사상에 반론을 펴기 위해서 인간을 닮은, 영혼이 머무르는 조각상을 가정했다. 이는 그때까지 인식해 본 적도 생각해 본 적도 없는 것이었다. 맨 처음 콩디야크는 조각상에 단 하나의 감각, 즉 후각만을 부여했다. 후각이 다른 감각보다는 덜 복잡하다고 생각했기 때문이다. 조각상은 처음에 재스민 향기를 맡으면서 삶의 이야기를 풀어나가기 시작한다. 조각상의 입장에서 보면 우주에는 재스민 향기만이 존재하는 것이다. 좀 더 자세히 이야기하자면 이 재스민 향기가 우주 자체인 셈이다. 조금 뒤에는 장미 향기가, 또 조금 더 뒤에는 카네이션 향기가 우주로 변한다. 조각상의

의식 세계에 향기가 하나 들어오면 마침내 우리 인간은 주의력을 갖게 된다. 자극이 사라진 뒤에도 향기는 지속되고 이제 우리는 기억력을 갖게 된다. 현재와 과거에 받은 인상이 조각상의 주의력에 깃들면 우리는 비교할 수 있는 능력을 갖게 된다. 또한 조각이 유사점과 차이점을 인지하면 판단력을 갖게 된다. 이렇게 비교 능력과 판단력을 갖게 되면 우리는 깊이 생각하고 반성할 수 있는 능력을 갖게 된다. 기분 좋은 기억이 불쾌한 기억보다 더욱 생생해지면 상상력이 생겨난다. 이해력을 갖게 되면 의지가 생겨난다. 즉 사랑과 증오(매혹과 혐오), 그리고 기대와 두려움에 대한 대처 능력이 생기는 것이다. 여러 가지 상태를 경험한 의식은 여러 가지 추상적인 개념을 형성하게 된다. 즉 과거에 느꼈던 재스민 향기와 현재 느끼는 카네이션 향기라는 것에 대한 개념과 '나'라는 것에 대한 개념을 갖게 된다.

이윽고 작가는 가정을 통해서 만들어 낸 인간에게 청각과 미각, 그리고 시각과 촉각을 부여한다. 마지막 감각, 즉 촉각은 인간에게 공간이 존재한다는 것을, 그리고 자기 자신 역시 그 공간 속에 육체를 가지고 존재한다는 것을 알려 줄 것이다. 소리와 향기, 그리고 색은 이 단계에 오기 전까지는 가상 인간이 가진 의식의 단순한 변형이나 변주일 뿐이다.

지금까지 이야기한 알레고리의 제목은 『감각론』으로 1754년 저작이다. 이에 대한 자료는 브레이에의 『철학사』 2권에서 인용했다.

인식의 문제에서 언급되는 또 다른 피조물은 로체의 '가정을 통해서 만들어진 동물'이다. 장미의 냄새를 맡고 결국은 인간이 되어 버린 조각보다 훨씬 더 고독한 이 동물의 피부에는, 지각이 가능한 움직이는 점이 하나 있다. 이 동물의 구조상 당연히 한 번에 한 가지 이상은 지각할 수 없다. 로체는 거의 모든 것을 박탈당한 이 동물도(시간과 공간에 대한 칸트적 범주의 도움이 없이도) 이 촉각점을 수축하거나 확장함으로써 외부 세계가 있다는 것을 알 수 있고, 움직이는 물체와 움직이지 않는 물체를 구별할 수 있다고 생각했다. 바이힝거는 이러한 픽션을 멋진 발상이라고 여겨서, 1852년 『심리 고찰』이라는 책에 수록했다.

에티엔 보노 드 콩디야크: 18세기 프랑스 계몽 시대의 감각론 철학자. 존 로크의 감각과 반성의 이원론에 대립하여 모든 정신 활동을 '변형된 감각'으로 귀착시켰다.

에밀 프랑수아 브레이에: 19~20세기에 활동한 프랑스의 철학사가. 소르본 대학 교수, 《철학 평론》의 주간을 역임했다. 『철학사』 1~7권, 『현대 철학의 문제』 등을 저술했다.

루돌프 헤르만 로체: 19세기 독일의 철학자. 19세기 후반의 자연 과학적 실증주의 사조와 사변 철학의 조화를 꾀했다. 『철학 체계』 1, 2권을 저술했다.

한스 바이힝거: 19~20세기에 활동한 독일의 철학자. 『그것에 의한 철학』에서 '허구론'을 독자적으로 전개했고, 인식을 마치 진실인 것처럼 생각하고, '그것에 의해서' 모든 '허구'를 구성하는 것이 우리의 사유 세계라고 주장했다. 칸트의 저서에 주해를 단 사람으로 칸트협회의 설립자로도 알려져 있다.

여섯 다리 영양

　북유럽 신화의 최고 신인 오딘의 말 슬레이프니르는 다리가 여덟 개나 된다고 한다. 이 동물은 잿빛 탈을 가졌으며 지상과 공중, 그리고 지옥을 자유자재로 다닌다고 한다. 다리가 여섯 개인 영양은 태초의 영양으로 시베리아 지방의 신화에 등장한다. 다리가 여섯 개나 되기 때문에 이 영양을 잡는다는 것은 매우 어려운, 아니 불가능에 가까운 일이었다. 신의 사냥꾼 툰크포즈는 끊임없이 소리를 내는, 말하자면 개 짖는 소리로 그것이 어디에서 자라는지를 알려 주는 신성한 목재로 특수 썰매를 만들었다. 썰매는 소리를 내면서 화살처럼 달렸다. 썰매를 다루거나 멈추는 도구로는 또 다른 신비한 나무로 만든 쐐기를 사용했다. 툰크포즈는 영양을 잡아서 뒷다리를 자른 다음 이렇게 말했다. "인간은 점점 작아지고 약해지는데, 내가 영양의 뒷다리를 자르지 않으면 어떻게 인간이 다리가 여섯 개나 달린 영양을 잡을 수 있겠는가!"
　그때부터 영양은 네 다리로 달리게 되었다.

오딘: 북유럽 신화의 최고 신. 게르만 민족이 널리 믿은 신으로 천지와 인간의 창조자이며 '싸움의 아버지', '전사자(戰死者)의 아버지'이기도 하다. 전쟁의 승패를 결정하고, 명예로운 전사자를 천상에 있는 와르하라 궁으로 초대한다고 한다.

아플라나도르(레벨러)

1840년에서 1864년 사이에 "빛의 아버지"("내면의 목소리"라고도 불린다.)는 바이에른의 음악가이자 교육자인 야코프 로르버에게 태양계를 구성하는 우주에 사는 인류와 동물, 그리고 꽃에 대해서, 신뢰할 만한 장문의 계시를 내렸다. 이 계시를 통해서 알려진 가축 중의 하나가 바로 아플라나도르 혹은

아피소나도르(레벨러)이다. 이 동물은 로르버의 작품을 편집한 사람이 명왕성과 동일한 별로 추정한 미론 별에서 이루 헤아릴 수 없을 만큼 많은 편의를 제공한다.

아플라나도르는 코끼리를 닮았으되, 몸집은 코끼리보다 열 배 이상 크다. 코는 짧고 어금니는 길고 생김새는 반듯하다. 피부는 엷은 푸른색이며 다리는 매우 펑퍼짐한 원추형이다. 그리고 원추형 다리 끝부분이 몸통에 끼어 있는 것처럼 생겼다. 아플라나도르는 평평한 발바닥으로 땅을 다지고 다니는데 미장이나 건축 기사보다 그 솜씨가 훨씬 뛰어나다. 무너져 내린 곳이 있으면 아플라나도르를 데리고 가서, 코와 어금니 그리고 발바닥으로 평평하게 다지라고 하면 된다.

풀과 나무를 먹는 이 동물에게는 한두 가지 곤충 외에는 이렇다 할 적이 없다.

야코프 로르버: 19세기 독일의 신비주의자. 스웨덴보리의 영향을 받아 자신을 신적 계시의 소개자, 즉 "빛의 예언자"라고 칭했다.

하르피아

헤시오도스의 『신통기(神統記)』에 나오는 하르피아는 날개 달린 신이다. 하르피아는 긴 머리칼을 풀어헤치고 바람과 새보다도 빠르게 날아다닌다. 베르길리우스의 서사시 『아이네이스』 3권에서는 처녀의 얼굴에 지저분한 배와 날카롭게 굽은 발톱을 가지고, 결코 채울 수 없는 허기 때문에 언제나 배가 고파 못 견뎌하는 새로 그려진다. 이 새는 산에서 내려와 향연을 위해 차려 놓은 식탁을 더럽힌다. 또 상처를 입지 않을 뿐만 아니라 냄새가 대단히 고약하다. 부리로 모든 것을 게걸스럽게 집어삼키고 모든 것을 배설물로 만들어 버린다.

베르길리우스의 주석가인 세르비우스는 이렇게 말했다. "지옥에서는 프로세르피나, 지상에서는 디아나, 하늘에서는 루나인 헤카테와 마찬가지로 하르피아는 세 가지 형태를 모두 가진 여신이다. 말하자면, 지옥에서는 분노의 신 푸리아, 지상에서는 하르피아, 그리고 하늘에서는 악마인 것이다." 그리고 사람들은 하르피아를 파르카이와 혼동하기도 했다.

신의 명령을 받은 하르피아는 트라키아의 왕을 성가시게 했다. 그 왕은 인간에게 미래를 밝혀 주었을 뿐만 아니라, 그의 눈을 주고 장수(長壽)를 구함으로써 어찌 보면 태양이 하는 일을 모욕했기 때문에 태양으로부터 엄벌을 받았다. 왕은 모든 신하와 더불어 먹는 일에만 정신을 쏟았는데, 하르피아가 그 자리에 나타나서 게걸스럽게 음식물을 먹어 치우고 식탁을 더럽혔다. 그 때문에 아르고호를 타고 황금 양털을 찾으러 나섰던 용사들은 하르피아를 멀리 쫓아 버렸다. 로도스의 아폴로니우스, 그리고 윌리엄 모리스(『이아손의 삶과 죽음』)도 이러한 환상적인 이야기에 대해 언급한 바 있다. 아리오스토는 『광란의 오를란도』 33장에서 트라키아의 왕을 전설 속 아비시니아의 왕 프레스터 존으로 바꾸어 노래했다.

하르피아는 그리스어로 '부녀자를 호리는 동물' 혹은 '마음을 빼앗는 동물'이라는 뜻이다. 하르피아도 처음에는 『베다』의 마루트처럼 금으로 만든 무기(번개)를 휘두르고 구름을 움직이는 바람의 신이었다.

헤시오도스: 고대 그리스의 시인. 기원전 8세기경의 인물이며, 주요 저서로 『노동과 나날』, 『신통기』가 있다. 『신통기』는 세계 창조, 올림푸스 신들의 계보, 신들의 탄생과 그들의 지배 확립, 신들의 자손들의 계보 등을 다룬 책으로 특히 제우스의 덕과 힘을 강조하고 있다.

베르길리우스: 고대 로마의 최고 시인. 로마의 건국과 사명을 노래한 민족 서사시 『아이네이스』를 썼다.

마우루스 호노라투스 세르비우스: 로마의 문법가. 4세기경의 인물로, 문법에 관한 저작 외에 베르길리우스의 시를 평주(評註)했다.

헤카테: 그리스 신화에 나오는 여신. 천상과 지상, 바다에 그 위력을 떨치며 부와 행운을 가져온다고 한다.

프로세르피나: 로마 신화에 등장하는 농업의 여신. 명부(冥府)의 지배자 하데스의 왕비이다.

루나: 로마 신화에서 달의 여신.

푸리아: 로마 신화 속 복수의 여신들. 사람들의 온갖 죄를 처벌하는 세 명의 여신이다. 그리스 신화의 에리니에스에 해당한다.

파르카이: 로마 신화 속 운명의 세 여신. 사람이 태어나는 순간에 동석하여 그 운명을 결정한다. 그리스 신화의 모에라이에 해당한다.

트라키아의 왕: 흑해의 살미데수스의 왕인 피네우스를 말한다. 제우스의 노여움을 사서 죽음과 실명(失明) 중 하나를 선택해야 했을 때, 실명을 선택한 탓에 태양신 헬리오스의 분노를 샀다.

로도스의 아폴로니우스: 기원전 295년경에 살았던 그리스의 시인, 학자. 알렉산드리아 도서관의 관장을 지냈으나 기원전 247년경에 로도스 섬으로 가서 여생을 보냈다고 한다. 황금 양털을 구하러 아르고호를 타고 항해한 이아손의 이야기를 그린 『아르고호의 영웅들』을 썼다.

루도비코 아리오스토: 이탈리아 르네상스 시대의 시인. 『광란의 오를란도』는 초판이 1516년에, 증보 개정판이 1532년에 출판되었다.

프레스터 존: 12세기의 전설 속 성직자이자 왕.

중세에 아시아와 아프리카 등에 강대한 기독교 왕국인

아비시니아를 건설했다고 한다.

세 발 당나귀

플리니우스는 봄베이의 조로아스터교도들이 그 종교의 창시자라고 말하는 차라투스트라가 200만 편 이상의 노래를 지었다고 생각했다. 또한 아라비아의 역사가 알타바리는 마음씨 착한 명필들이 기록한 차라투스트라의 전집이 1만 2000마리 분의 암소 가죽에 적혀 있었다고 믿었다. 마케도니아의 알렉산더 대왕이 페르세폴리스에서 그것을 태워 버린 것은 유명한 이야기이다.

그러나 사제들의 뛰어난 기억력 덕분에 기본적인 문헌은 되살릴 수 있었다. 9세기에 나온 백과사전 『분다히시』가 이 기본 문헌을 보완해 주었다. 이 백과사전에는 이런 이야기가 기록되어 있다.

사람들이 바다 한가운데에 살고 있다고 말하는, 세 발 당나귀에 대한 이야기이다. 이 당나귀는 발은 세 개, 눈은 여섯 개, 입은 아홉 개이며, 귀는 두 개, 그리고 뿔은 하나이다. 털은 순백색이고, 영적인 것만을 먹으며, 언제나 당당하게 행동한다. 여섯 개의 눈 중에서 두 개는 원래 있어야 할 자리에 있고, 두 개는 머리끝에, 또 다른 두 개는 목덜미에 달려 있다. 이 당나귀는 여섯 개의 눈이 지닌 관통력으로 모든 것을 굴복시키고 파괴해 버린다.

아홉 개의 입 중에서 세 개는 머리에 달려 있고, 세 개는 목덜미에 달려 있으며, 나머지 세 개는 옆구리 안쪽에 달려 있다. ……땅을 내딛는 발굽의 크기는 무려 1000마리 이상의 양 떼가 뛰놀 수 있는 자리를 차지할 뿐만 아니라, 며느리발톱 아래에서만도 1000명에 달하는 기병들이 훈련을 할 수 있다고 한다. 귀는 페르시아 북부 지방 마잔다란을 다 덮을 만큼 크다. 속이 텅 빈, 그러나 금으로 된 것처럼 생긴 뿔에는 가지가 수천 개도 넘게 달려 있다. 이 뿔로 승리를 쟁취할 수 있으며 추악한 인간들의 부패를 일소할 수 있다.

보석의 일종인 호박 또한 세 발 당나귀의 배설물로 알려져 있다. 조로아스터교의 신화에 따르면, 이 착한 괴물은 생명의 원천이자 빛과 진리의 근원인 아후라 마즈다(오르마즈드)의 조수라고 한다.

차라투스트라: 페르시아 조로아스터교의 시조. 기원전 7세기경에 종교를 일으켰다고 한다.

알타바리: 9~10세기에 활동한 아라비아의 역사가, 신학자. 그가 쓴 『연대기(예언자와 왕의 역사)』에는 천지 창조로부터 915년까지의 역사가 기록되어 있다.

『**분다히시**』: 조로아스터교의 경전을 해설한 주석서 가운데 하나로, 9세기경에 만들어졌다. 36장까지 완성되었고, 천지 창조, 인간 창조, 우주, 부활 등이 언급되어 있다.

불사조 피닉스

이집트 사람들은 기념비와 돌로 만든 피라미드 그리고 미라를 통해 영원을 추구했다. 훗날 그리스와 로마 사람들이 피닉스를 신화화하는 데 많은 기여를 했다고는 하지만, 영원히 죽지 않고 주기적으로 순환하는 새에 대한 신화가 처음 만들어진 곳은 이집트이다. 에르만은 헬리오폴리스의 신화에서 피닉스가 오십 년 혹은 그 이상의 주기로 순환한다고 밝혔다. 헤로도토스는 자신의 책 2장 73절에서 이 전설의 초기 형태에 대해서 반복적으로 회의를 표하고 있다.

또 다른 종류의 신성한 새가 그곳에 살고 있었다. 나는 그림을 통해서만 그 새를 보았다. 그 새의 이름은 피닉스이다. 한마디로 그 새가 모습을 드러내는 일은 매우 드물다. 헬리오폴리스 사람들의 말에 따르면 이 새는 오백 년에 한 번씩, 자신의 아비 새가 죽을 때에만 이집트에 나타난다고 한다. 만일 그림에 그려진 모양이 사실이라면 피닉스의 형태와 크기는 어찌 보면 독수리와 유사하다. 깃털의 색깔은 황금색이나 진홍색을 띤다. 그 새에 대해 우리가 들은 이야기는 거의 기적에 가까운 내용들이다. 사실 나는 그 이야기를 믿기 어려웠지만 다시 한 번 하고자 한다. 피닉스는 아라비아에서 태양의 신전으로 아비 새의 시체를 옮길 때 다음 방법을 사용한다고 한다. 우선 향료로 단단한 알을 만든다. 알의 무게는 자기가 겨우 운반할 수 있을 정도로 무거워야 한다. 알을 만든 다음에는 자신의 한계 능력과 비교하기 위해서 알의 무게를 달아 본다. 그런 다음에 알 속에 든 내용물을 끄집어내고 그곳에 아비 새의 시체를 집어넣는다. 그리고 다른 향료로 나머지 부분을 채워, 시체를 넣었을 때의 무게와 원래 알의 무게를 같게 만든다. 그런 다음 덮개를 덮고는 알을 짊어지고 이집트에 있는 태양의 신전으로 운반한다. 이 이야기가 진실이든 아니든, 내가 들은 내용은 이러하다.

오백여 년 후, 타키투스와 플리니우스는 이 엉뚱한 이야기를 다시 한 번 반복했다. 타키투스는, 오래된 이야기이기 때문에 전체적으로 희미할 수밖에 없으나, 이 전설은 1446년이라는 피닉스의 수명에 초점이 맞추어져 있다고 직설적으로 이야기했다.(『연대기』 6장 28절) 그리고 플리니우스는 10권 2장에 피닉스의 수명에 대해서 이렇게 기록했다. "마닐리우스에 의하면 피닉스의 수명은 플라톤적인 개념에서의 일 년이다. 플라톤적인 개념에서의 일 년이란 태양과 달, 그리고 다섯 개의 행성이 원위치로 돌아오는 데 걸리는 시간이다." 타키투스는 『웅변가들의 대화록』에서 플라톤적인 개념에서의 일 년을 우리가 사용하는 시간으로 환원하면 1만 2994년에 해당한다고 밝혔다. 고대인들은 이와 같은 우주의 대순환이 이루어지면 우주의 역사는 행성들의 영향이 다시 반복됨에 따라서 세세한 면까지 똑같이 반복된다고 믿었다. 덕분에 피닉스는 우주의 반영 혹은 우주의 이미지가 되었다. 대부분의 스토아 철학자들은 우주는 불길 속에서 사라졌다가 다시 불길 속에서 탄생하고 그 과정에는 처음도 끝도 없다고 가르쳤다.

시간의 흐름으로서의 일 년은 피닉스의 생식 메커니즘을 지나치게 단순화한다. 헤로도토스는 알에 대해 말했다. 플리니우스는 새끼에 대해 말했고, 4세기 말 클라우디아누스는 재 속에서 부활하는, 그리고 곧 자신의 후계자이자 시대의 증인인, 영원히 죽지 않는 새에 대해 노래했다.

피닉스의 신화처럼 널리 알려진 이야기도 드물 것이다. 오비디우스(『변신』 15장), 단테(「지옥편」 24곡), 셰익스피어(「헨리 8세」 5막 4장), 펠리세르(『피닉스와 피닉스에 관한 자연사』), 케베도(『에스파냐의 파르나소』 6장), 밀턴(『번민하는 삼손』의 결말 부분) 등이 모두 이 새에 대해 노래했다. 락탄티우스에게 헌정된 「피닉스에 대해서」라는 라틴 시와 8세기경에 지어진 이 시의 모방작도 언급할 만하다. 성 암브로시우스와 예루살렘의 시리아쿠스는 피닉스를 육신의 부활의 증거로 여겼다. 플리니우스는 피닉스의 둥지와 재에서 추출했다는 약을 처방한 의사들을 매우 비웃었다.

아돌프 에르만: 19~20세기에 활동한 독일의 학자. 베를린에 있는 이집트 박물관의 관장을 역임했다. 고대의 유물이나 남아 있는 말들, 문학, 종교의 연구에 많은 업적을 남겼다.『이집트어 사전』도 그중 하나이다.

코르넬리우스 타키투스: 로마 제일의 역사가. 플리니우스와 친했다. 그는 「웅변가들의 대화록」, 「게르마니아」 등의 단편 외에도 『연대기』와 『역사』라는 작품을 남겼다.

클라우디스 클라우디아누스: 400년경의 로마 황제 호노리우스의 궁정 시인. 다른 나라의 신화를 제재로 한 서사시나 단시(短時)를 많이 썼다.

프란시스코 케베도: 에스파냐의 황금 세기를 대표하는 산문가, 소설가, 시인. 작품으로는 악자 소설(惡者小說)의 걸작인 『방랑아의 본보기, 악당의 거울, 돈 파블로스라고 불리는 사기꾼의 생애 이야기』가 있다.

락탄티우스: 3~4세기에 활동한 아프리카 태생의 기독교 수사가(修辭家), 호교가(護敎家).

암브로시우스: 4세기 기독교의 교부(敎父), 밀라노 주교.

시리아쿠스: 309년경에 로마에서 순교한 성인. 악령을 쫓는 구난 성인(救難聖人)이다.

로크

로크는 독수리와 콘도르를 거대하게 확대시킨 동물이다. 중국해나 인도차이나해에서 길을 잃고 헤매던 콘도르를 본 아랍인들이 로크를 떠올리게 된 것이라 말하는 사람도 있다. 그러나 레인은 이런 의견을 부정하면서, 이것은 환상 동물 속(屬) 환상 동물 종(種)에 속하는 것이자 아랍어의 '시무르그(simurg)'에 해당하는 단어에서 나온 것이라 생각했다. 로크가 서구에 알려진 것은 순전히『아라비안나이트』덕분이다.

우리는『아라비안나이트』에 나오는 다음 이야기를 알고 있다. "동료들에 의해 외딴섬에 버려진 신드바드가 저 멀리에 하얀색 원형 지붕이 있는 것을 보았고, 다음 날은 커다란 구름이 태양을 가리는 것을 보았다. 원형 지붕은 다름 아닌 로크의 알이었고 구름처럼 보이던 것은 로크였다. 신드바드는 터번을 풀어 로크의 거대한 다리에 몸을 묶었다. 그러자 로크가 날개를 펴고 날아올랐다. 로크는 신드바드가 매달린 것을 전혀 눈치채지 못했다. 그리고 그를 산꼭대기에 내려놓았다. 로크

는 새끼들에게 코끼리를 먹였다고 한다."

마르코 폴로의 『동방견문록』(3장 36절)에는 이런 기록이
있다.

마다가스카르 섬 주민들은 일 년 중 특정 기간이 되면 남쪽
에서 굉장히 몸집이 큰 새가 날아온다고 말한다. 새의 이름은
로크라고 한다. 생김새는 독수리와 비슷한데 크기는 독수리와
비교할 수 없을 정도로 크다. 로크는 대단히 힘이 좋기 때문에
발톱으로 코끼리를 낚아채서 하늘로 들어 올렸다가 높은 곳에
서 떨어뜨려 잡아먹는다. 로크를 본 사람에 따르면 날개 길이
는 한쪽 끝에서 다른 쪽 끝까지 열여섯 걸음이나 되고 깃털 하
나가 여덟 걸음이나 된다고 한다.

마르코 폴로는 위대한 황제의 사절들이 중국에 로크의 깃
털을 가져온 적이 있다고 기록했다.

에드워드 윌리엄 레인: 영국의 아라비아 학자. 이집트에
살면서 이집트를 연구했으며 또한 아라비아어 사전의
자료를 수집하여, 이후에 그것을 편집하는 데 일생을 바
쳤다. 『아라비안나이트』를 번역했다.
마르코 폴로: 이탈리아 베네치아의 상인. 1260년과
1271년에 중국에 가서 쿠빌라이 밑에서 정치에 관여하
다가 귀국하여 옥중에서 『동방견문록』을 구술했다.

바하무트

바하무트의 명성은 아라비아의 사막까지 퍼져 있다. 아라비아에서는 바하무트의 모습을 바꾸어서 아주 멋지게 꾸며 놓았다. 그것은 하마나 코끼리에서 유래하여, 물고기 종류로 변형된 듯하다. 이 물고기는 깊이를 알 수 없는 물에 사는데 그것의 등에는 황소가 있으며, 이 황소 위에 루비 산이 있고, 그 산 위에는 천사가 있으며, 천사 위에 여섯 개의 지옥이 있고, 지옥 위에 대지가 있으며, 대지 위에는 하늘이 있다고 아라비아인들은 생각했다. 레인이 수집한 전설에는 다음과 같은 이야기가 포함되어 있다.

신이 대지를 만드셨다. 그러나 대지를 지탱할 것이 없었다. 그래서 대지 아래쪽에 천사를 만드셨다. 그러나 천사 또한 딛고 설 것이 없었기에 다시 천사의 발아래에 루비 산을 만드셨다. 그러나 산 역시 받침대가 없어서 산 아래쪽에 4000개의 눈과 귀, 코와 입, 그리고 혀와 다리를 가진 황소를 만드셨다. 그

러나 황소 역시 받침대가 없어서 황소 아래쪽에 바하무트라는
물고기를 만드시고 그 아래쪽에 연못을 만드셨다. 이 연못 아
래는 어둠에 덮여 있기 때문에 인간의 지혜로는 여기까지밖에
볼 수 없다.

　대지가 물속에 뿌리박고 있다고 주장하는 사람들도 있다.
그들은 물은 산에, 산은 황소의 옆구리에, 황소는 모래사장에,
모래사장은 다시 바하무트에, 바하무트는 찌는 듯한 바람에,
찌는 듯한 바람은 다시 안개 위에 있다고 믿는다. 그러나 이들
역시 안개 아래쪽에는 무엇이 있는지 모른다고 한다.
　바하무트는 엄청난 광채에 싸여 있기 때문에, 인간의 눈으
로는 이 물고기의 완전한 모습을 볼 수 없다. 바하무트의 콧구
멍에 비하면 지상의 모든 바다는 사막에 떨어진 겨자씨 한 톨
과 같다. 『아라비안나이트』의 사백아흔여섯 번째 밤에 이런
이야기가 나온다. "이사(예수)에게 바하무트를 보여 주었다.
이사는 그런 축복을 받자 땅에 쓰러져서 사흘 낮, 사흘 밤 동
안 정신을 차리지 못했다." 그리고 이런 이야기가 덧붙어 있
다. "거대한 물고기 밑에 바다가 있고, 바다 밑에는 공기의 심
연이 있으며, 공기 아래에는 불이 있고, 불 아래에는 팔라크라
는 뱀이 있는데 이 뱀의 입속에 지옥이 있다."
　황소 위에 있다는 산, 바하무트 위에 있다는 황소, 그리고
다른 어떤 것 위에 있다는 바하무트 등에 대한 픽션은 고대인
들의 우주관에 신이 포함되어 있었음을 입증한다. 그리고 모
든 것에는 그에 앞선 원인이 있고, 이 무한한 연결 고리를 단
절하려면 원초적 원인을 규명해야 함을 입증하기도 한다.

발단데르스

발단데르스(이 이름에는 '이미 다른 것'이라는 의미가 있다.)는 뉘른베르크 출신의 구두장이 한스 작스가 『오디세이』의 한 장에서 암시를 받은 동물이다. 『오디세이』에는 메넬라오스가 사자, 뱀, 표범, 거대한 멧돼지, 나무, 그리고 물 따위로 변신하는 이집트의 신 프로테우스를 쫓아다니는 이야기가 나온다. 바로 여기에서 암시를 받은 상상의 산물이 발단데르스이다. 한스 작스는 1576년에 세상을 떴다.

구십여 년이 흐른 뒤, 발단데르스는 그리멜스하우젠의 『모험가 짐플리치시무스』라는 환상적인 피카레스크 소설에 다시 등장한다. 주인공은 숲 속에서 오래된 게르만 사원의 우상과 비슷하게 생긴 조각과 마주치는데, 그 조각은 자기가 바로 발단데르스이며 인간, 참나무, 암퇘지, 소시지, 클로버 초원, 분뇨, 꽃, 잎이 무성한 나뭇가지, 뽕나무, 그리고 비단 융단 등으로 변신할 수 있다고 말한다. 그는 이렇게 한바탕 모습을 바꾼 뒤에 다시 인간의 모습으로 변신한다. 발단데르스는 짐플리치시무스에게 "근본적으로는 말을 할 수 없는 사물, 즉 의자나 벤치, 그리고 질화로나 항아리 따위와 이야기하는" 기술을 가르쳐 주었다. 또한 서기로 변신하여 성 요한의 「요한의 묵시록」에 나오는 구절을 써 주었다. "나는 시작과 끝이라."라는 그 구절은 그에게 교훈을 준 암호 글의 열쇠가 되었다. 발단데르스는 자신의 문장(紋章)이 터키의 문장만큼, 아니 터키의 문장보다 더 뛰어나서, 언제나 다른 모습을 보여 주는 달과 같다고 말했다.

　발단데르스는 여러 가지 모습이 연속된 시간의 괴물이다. 그리멜스하우젠의 소설 초판에는 발단데르스의 그림이 그려져 있었다. 그것은 사티로스의 머리와 사람의 몸, 새의 날개와 물고기의 꼬리, 산양의 다리와 콘도르의 발톱을 갖고 모양이 서로 다른 수천 개의 가면을 밟고 서 있었는데 그 가면들은 발단데르스가 계속 그렇게 모습을 바꿀 수 있음을 상징했다. 또한 허리에는 칼을 차고, 손에는 왕관과 범선, 잔, 탑, 방울 달린 챙이 없는 모자, 기둥 따위가 그려진 책을 펼쳐 들고 있었다.

한스 작스: 16세기의 가장 유명한 마이스터징거. 275곡에 이르는 가곡 외에 소극이나 극시 등 많은 작품을 남겼다.

그리멜스하우젠: 17세기 독일의 작가.

반시

반시를 본 사람은 아무도 없는 것 같다. 그것은 형태를 가졌다기보다는, 아일랜드와 (월터 스콧 경의 『마귀학과 요정학』에 의하면) 스코틀랜드의 산악 지방에서 저녁이 되면 사람들에게 공포심을 불러일으키는 신음 소리 비슷한 존재이다. 그것은 창문 아래에 서서 가족 중 한 사람의 죽음을 예고한다. 반시의 몸에는 — 라틴족이나 색슨족 혹은 스칸디나비아족의 피가 섞이지 않은 — 순수한 켈트족의 피만 흐른다고 한다. 웨일스와 브르타뉴에서도 반시의 소리를 들을 수 있다. 반시는 요정에 속하는데, 그 신음 소리에는 '곡소리'라는 이름이 붙어 있다.

바실리스크

오랜 세월이 흐르자 바실리스크는 추악하고 공포로 얼룩진 동물로 변해서 잊혀 갔다. 원래 이 이름에는 '작은 왕(王)'이라는 뜻이 담겨 있다. 플리니우스에 따르면(8권 33장) 바실리스크는 머리에 왕관 모양의 선명한 얼룩을 가진 뱀이라고 한다. 그러나 중세부터는 다리가 네 개이고 노란 깃털과 가시 돋친 날개, 그리고 끝부분이 갈고리나 닭 머리처럼 생긴 뱀 꼬리를 가진 닭의 모습으로 그려졌다.

생김새의 변화는 이름의 변화에 반영되었다. 14세기에 초서는 바실리코크(basilicok)에 대해 언급했다.* 알드로반디의 『뱀과 용에 대한 자연 과학사』에 그려진 그림에는 바실리스크가 깃털이 아닌 비늘에 덮여 있으며 다리가 여덟 개나 되는 것으로 묘사되어 있다.**

* 바실리코크는 독기 어린 시선으로 사람을 죽인다.

변하지 않은 것이 있다면 그것은 이 동물의 시선에서 나오는 살인적인 힘일 것이다. 고르곤 자매의 시선은 살아 있는 모든 것을 돌로 만들어 버린다고 한다. 루카누스의 이야기를 빌리면, 리비아에 서식하는 뱀 종류, 즉 아스피드, 안피스베나, 아모디테, 그리고 바실리스크 같은 것은 모두 고르곤 자매 중의 하나인 메두사의 피에서 태어났다고 한다. 다음은 『파르살리아』 9장에 나오는 시로 하우레기가 스페인어로 옮긴 것이다.

> 페르세우스는 리비아로 향했다.
> 그곳은 푸르름이 피어나지 않는 곳이다.
> 추악한 얼굴은 그곳에 피를 뿌리고
> 더러운 모래에 죽음을 기록했다.
> 비 오듯 흩뿌려진 고름은
> 뜨거운 자궁 속에서 피어나
> 갖가지 뱀을 잉태했다.
> 간부는 배 속에서 자라는 독초를 부정했다······.
>
> 메두사의 피는 바로 이곳에서
> 갑옷을 입은 바실리스크를 만들었다.
> 치명상을 입히는 혀와 눈을 가진
> 이 뱀을 두려워하지 않을 수 없다.
> 지독한 독재자임을 자랑하고
> 멀리서도 치명적인 상처를 입힐 수 있다.

** 게르만 신화에 대한 지식을 제공하는 두 권의 「에다」 중에서 산문으로 쓰인 『신(新)에다』에 의하면 오딘의 말은 다리가 여덟 개이다.

혀 날름거리는 소리와 무서운 시선으로

눈과 귀를 죽음으로 덮는다.

바실리스크는 사막에 산다. 좀 더 정확하게 말하자면 그것
이 서식하는 곳은 사막이 된다. 바실리스크의 다리가 스치고
지나가면 죽은 새들의 시체가 쌓이고 과일들이 썩어 들기 때
문에, 가축들이 마셔야 하는 강물이 수 세기 동안 독성을 품게
된다. 게다가 플리니우스는 바실리스크의 시선이 한 번만 스
쳐도 돌이 부서지고 초원이 불길에 휩싸인다고 했다. 그렇지
만 바실리스크는 족제비의 냄새를 맡으면 죽는다. 중세 사람
들은 수탉의 울음소리가 바실리스크를 죽일 수 있다고 믿었
다. 따라서 경험이 많은 여행객들은 미지의 땅을 여행할 때면
언제나 수탉을 준비했다. 또 다른 무기로는 거울을 들 수 있
다. 즉 거울을 비추어 자신의 모습을 보게 하면 바실리스크가
죽는다고들 믿었다.

기독교를 믿었던 백과사전파 학자들은『파르살리아』에
나오는 신화적인 우화를 배척하고 바실리스크의 기원을 이성
적으로 설명하고자 했다.(히브리어로 독성이 있는 파충류를 의미
하는 트세파(Tsepha)를 라틴어 역 성서가 바실리스크로 번역했기 때
문에, 그들도 그 존재를 믿을 수밖에 없었다.) 가장 믿을 만한 것으
로 여겨지던 가설은 수탉이 기형적으로 일그러진 알을 낳았
는데, 그것을 뱀이나 두꺼비가 품어서 바실리스크가 태어났
다는 설이다. 17세기에 토머스 브라운 경은 이러한 가설이 바
실리스크 자체만큼이나 터무니없다고 주장했다. 그러나 당시
케베도는 바실리스크를 소재로 로맨스를 썼다. 그 내용은 이
렇다.

만일 너를 본 사람이 살아 있다면

너에 관한 이야기는 모두 거짓말이다.

왜냐하면 그가 죽지 않았다면, 그는 너를 본 적이 없고

그가 죽었다면, 너의 존재를 증언할 수 없기 때문이다.

울리세 알드로반디: 주로 16세기에 활동한 이탈리아 볼로냐의 박물학자, 의사.

고르곤: 그리스 신화에 나오는 추악한 얼굴의 세 마녀. '강한 여자' 스테노, '널리 퍼지는, 혹은 멀리까지 나는 여자' 에우리알레, '여왕' 메두사를 가리킨다.

후안 데 하우레기: 스페인 황금 세기의 시인, 화가, 학자.

베헤못

기원전 4세기에 살았다는 베헤못은 코끼리나 하마가 신성화되거나, 이 두 가지 동물을 기괴하게 변형시킨 것이다. 이 동물은 정확하게 열 줄의 유명한 시구에 등장하는데, 여기에서 그 거대한 형상이 세세하게 묘사되고 있다.(「욥기」 40장 14~24절.) 나머지 이야기들은 쟁점이 되는 부분이거나 연대기일 뿐이다.

연대기 저자들이 우리에게 말했듯이, 베헤못은 이름 자체가 복수 개념이다. 즉, 짐승을 의미하는 히브리 단어 '브헤마 (b'hemah)'의 복수를 의미하는 것이다. 프라이 루이스 데 레온은 『욥기에 대한 나의 견해』에서 이렇게 기술했다. "베헤못은 짐승들을 의미하는 히브리 단어이다. 학자들은 보편적으로 그것이 코끼리를 의미한다고 생각했다. 한 마리가 수십 마리의 동물보다 더 거대했기 때문에, 다시 말해 기괴할 정도로 컸기 때문에 그렇게 불린 것이다."

성서의 첫 번째 장에 나오는 신의 이름 '엘로힘(Elohim)'

도 동사를 취할 때는 단수형을 취하지만 명사 자체로서는 복수 개념이라는 점을 상기할 필요가 있다. "태초에 신들이 하늘과 땅을 만드셨다."(삼위일체론자들은 이 모순을 신은 삼위일체라는 논거로 이용했다.) 이때 사용하는 복수는 존경 혹은 충만함을 의미하는 복수이다.*

다음은 프라이 루이스 데 레온이 번역한, 베헤못의 형상을 그린 시구로, "라틴어적 의미를 잘 보존하고 장엄함이라는 면에서는 히브리어의 감각을 살리기 위해서 노력했다."라고 평가받는다.

   10.   이제 볼 것이다, 베헤못을/ 소처럼 풀을 먹는다.

   11. 볼 것이다/ 등은 요새와 같고, 배꼽에서는 힘이 나온다.

   12.   꼬리를 왕홀처럼 흔든다/ 한데 이어진 부끄러운 힘줄들.

   13.   청동의 관과 같은 뼈/ 쇠로 만든 몽둥이처럼 생겼다.

   14.   신이 나아갈 길의 시원으로, 그를 창조한 신이 그에게 칼을 들이댈 것이다.**

   15.   산은 그에게 풀을 줄 것이고/ 들판의 짐승들은 그곳에서 즐겁게 놀리라.

   16.   그늘에서 풀을 뜯으리라/ 사탕수수 밭과 습지의 은

---

* 유사한 이야기가 에스파냐 왕립 아카데미에서 발행한 문법서에 나온다. Nos(일인칭 복수를 의미하는 목적 대명사)는 성질상 복수이다. 그런데 단수인데도 이 명사가 사용되는 경우가 있다. 바로 존귀한 사람들이 자신에 대해서 이야기할 때다.

** 신의 기적 중에서도 으뜸가는 것이다. 그러나 그를 만드신 신께서 그를 손수 없애실 것이다.

밀한 곳에서.

17. 어두운 그림자가 그것의 그림자를 덮고/ 개울가 버들이 그에게 가지를 드리울 것이다.

18. 볼 것이다/ 강물을 마시는 것을, 그리고 놀라지 않는 것을/ 요르단 강이 그의 입 가장자리를 지날 것이라는 믿음이 있으니.

19. 낚싯바늘처럼 그의 눈을 꿰었다/ 날카로운 꼬챙이로 코에 구멍을 뚫었다.

앞에서 이야기한 것을 보다 명확하게 하기 위해서 시프리아노 데 발레라의 주해본을 덧붙인다.*

10. 여기 베헤못이 있다. 나는 그것을 너와 함께할 수 있도록 할 것이다. 소처럼 풀을 먹는다.

11. 이제 여기에서 그의 힘은 등에서 나온다는 것과 배꼽에 요새가 있다는 것을 알 수 있을 것이다.

12. 그의 꼬리는 왕홀처럼 움직인다. 또 생식기는 잘 얽혀 있다.

13. 그의 뼈는 쇠로 만든 듯 단단하다. 그리고 뼛조각은 쇠로 만든 몽둥이처럼 생겼다.

14. 신의 길 중에서 으뜸가는 것이다. 그를 만든 자가 그에게 칼을 들이대리라.

15. 산은 그에게 새싹을 줄 것이다. 모든 동물은 그곳에

* 고딕체로 쓰인 부분은 히브리어 원문에 없는 내용을 주해자가 덧붙인 것이다.

서 뛰어놀 것이다.

16. 그늘 아래에서, 그리고 사탕수수 밭과 습지의 은밀한 곳에서 풀을 뜯으리라.

17. 짙푸른 나무들의 그림자가 그를 뒤덮을 것이다. 개울가의 버드나무는 가지를 드리울 것이다.

18. 그는 흐르지 않는 강을 훔칠 것이다. 그리고 요르단 강이 그의 입 가장자리를 지나리라는 것을 확신한다.

19. 그분은 그의 눈을 잡을 것이다. 그리고 코를 꿰뚫을 것이다.

프라이 루이스 데 레온: 16세기 에스파냐 최고의 산문 작가이자 시인 중 한 사람. 살라만카 대학에서 신학과 성서를 강의했고, 1572년에 라틴어로 번역된 「아가(雅歌)」를 에스파냐어로 번역하여 종교 재판을 받고 오 년간 투옥되기도 했다.

보라메츠

보라메츠, '폴리포디움 보라메츠', '중국 폴리포디오'라고
도 불린다. 타타르 지방에 서식하는 이 식물성 양(羊)은 식물
의 일종으로 황금빛 털에 덮인 양과 그 생김새가 비슷하다. 네
댓 개의 뿌리가 있어 주변 식물을 다 죽여 버리고 혼자서만 생
기발랄하게 자란다. 이것을 자르면 피같이 생긴 수액이 흐르
는데, 늑대들이 이 수액을 매우 좋아한다. 토머스 브라운 경은
런던에서 1646년에 발간한 『전염성이 있는 그릇된 견해』라는
책 3부에서 이 식물을 언급했다. 다른 괴물들은 보통 여러 가
지 동물이 결합되지만, 보라메츠는 식물의 성격과 동물의 성
격을 동시에 지니고 있다.

이 이야기는 뽑으면 사람처럼 소리를 지르는 만드라고라
를 연상시킨다. 「지옥편」의 자살한 사람들의 슬픈 숲에는 잘린
곳에서 피가 나오고 말을 중얼대는 작은 나뭇가지가 있다. 체
스터턴이 상상한 나무는 가지에 둥지를 튼 새들을 탐식하고 봄
이 되면 잎이 아니라 깃털이 돋아나는 나무였다.

자살한 사람들의 숲: 「지옥편」 제13곡 31~45행 참조.

길버트 키스 체스터턴: 19~20세기에 활동한 영국의 소설
가, 비평가. 기발한 착상과 역설적 논법으로 평론을 썼고,
100여 편의 추리 소설을 발표했다.

브라우니

브라우니는 인간의 시중을 드는 갈색 난쟁이들을 지칭하는데, 바로 그 색깔에서 이름이 유래했다. 그들은 스코틀랜드의 농가를 찾아가서 사람들이 자는 동안 가사를 돌보곤 한다. 그림 형제의 동화에도 유사한 이야기가 나온다.

유명한 작가인 로버트 루이스 스티븐슨은 브라우니가 그의 문학적 상상력을 키워 주었다고 말했다. 스티븐슨이 꿈을 꿀 때면 브라우니가 그에게 환상적인 테마를 건네주곤 했다는 것이다. 예를 들면 브라우니는 그가 지킬 박사가 악마 같은 하이드로 변하는 이야기와, 에스파냐의 명문가 출신인 젊은 올랄라가 여동생의 손을 으적으적 씹는다는 이야기를 생각해 낼 수 있게 해 주었다고 한다.

로버트 루이스 스티븐슨: 19세기 영국의 소설가, 시인.

교훈적인 의미가 포함된 괴기스러운 상황이나 환상적인

세계를 그려 19세기 영국 문학에서 독자적인 위치를 확보했다. 『보물섬』, 『지킬 박사와 하이드 씨』 같은 작품을 썼다.

부라크

코란의 17장 첫 번째 구절에 다음과 같은 이야기가 나온다. "성스러운 예배당에서, 주님이 증거를 보이기 위해 축복한 먼 곳의 예배당에 이르기까지 밤에 그 종을 데리고 여행하시는 분에 영광 있으라."(김용선 역, 『코란』 참조.) 주해자들은 이 구절을 이렇게 해석했다. 영광을 받는 것은 신이다. 마호메트는 신의 종이고, 성스러운 예배당은 메카에 있는 사원을 의미하며, 먼 곳의 예배당은 예루살렘에 있는 사원을 의미한다. 선지자는 예루살렘에서 일곱 번째 하늘로 승천했다. 이 전설에 대한 가장 오래된 판본에 의하면 마호메트는 인간 혹은 천사의 안내를 받았다고 한다. 그러나 나중에 만들어진 판본에 의하면 그는 당나귀보다 크고 노새보다 작은 천상의 탈것을 이용했다고 한다. 그런데 이때 등장하는 탈것이 바로 부라크이다. 이 이름에는 '광채가 나는'이라는 의미가 있다. 버턴의 이야기를 빌리면 인도에 사는 이슬람교도들은 부라크를 인간의 얼굴에 당나귀의 귀, 그리고 말의 몸통에 공작의 꼬리와 날개

를 가진 동물로 형상화했다.

　이슬람 전설 중에는 이런 이야기가 있다. 부라크는 지상을 떠날 때 물이 가득 담긴 항아리를 뒤집어엎는다. 선지자는 일곱 번째 하늘에 올라가서 그곳에 사는 천사의 족장들과 이야기를 나눈다. 그리고 통일천(統一川)을 건넌다. 주님의 손이 어깨에 닿을 때 그는 가슴이 얼어붙는 듯한 한기를 느낀다. 인간의 시간은 신의 시간과 비교할 수 없다. 지상으로 돌아왔을 때 선지자는 아직 물이 단 한 방울도 흘러나오지 않은 항아리를 바로 들어 올릴 수 있다.

　미겔 아신 팔라시오스는 13세기에 무르시아 지방에 살았던 신비주의자에 대해 이야기했다. 이 신비주의자는 『가장 자비로운 주님을 향한 야간 여행』이라는 우화집에서 부라크가 신의 사랑을 상징한다고 말했다. 다른 책에서는 부라크를 '의지의 순수함'으로 표현했다.

미겔 아신 팔라시오스: 20세기 에스파냐의 학자이자 가톨릭 사제.

해마

다른 상상 동물과 달리 해마는 이질적인 요소가 결합된 동물이 아니다. 이것은 야생마로서, 사는 곳이 육지가 아니라 바다라는 점이 색다를 뿐이다. 이 동물은 달이 뜨지 않은 밤, 미풍이 암말의 냄새를 실어 올 때만 땅을 밟는다. 어떤 섬 ── 아마 보르네오가 아닐까 싶다. ── 에서는 사람들이 왕의 말 중에서 가장 좋은 암말을 해변에 풀어 놓은 뒤에 땅을 파고 숨긴다고 한다. 신드바드는 바다에서 나오는 말을 보았다. 그리고 바다에서 나온 말이 암말을 향해 달려들며 내지르는 소리를 들었다.

버턴에 의하면 『아라비안나이트』 최종 결정판의 연대는 13세기로 거슬러 올라간다. 그 시기에 태어나고 죽은 알카즈위니는 『창조의 신비』라는 저서에 이렇게 적었다. "해마는 지상에서 사는 말과 똑같이 생겼다. 단, 갈기와 꼬리가 조금 더 길고 윤기가 흐를 뿐이다. 말굽은 들소와 비슷하고, 키는 지상에 사는 말보다 작으며, 당나귀보다 조금 더 크다." 바다에 사는 말과 지상에 사는 말을 교배시키면 정말 아름다운 망아지가 태어난다. 그는 가무잡잡한 털이 난 망아지에 대해서 "은 조각을 뿌려 놓은 듯한 하얀 얼룩이 있다."라고 기술했다.

18세기의 중국의 여행가인 왕대해(王大海)는 『중국 수필집』에 이렇게 기록했다.

해마는 주로 암컷을 찾아 바닷가에 모습을 드러낸다. 가끔은 사람들이 해마를 붙잡기도 한다. 그것의 털은 칠흑같이 검고 윤기가 흐른다. 꼬리는 땅에 쓸릴 정도로 길다. 육지에서는 다른 말과 똑같이 걸어 다니며, 매우 양순한 동물이다. 그렇지만 하루에 수백 킬로미터도 달릴 수 있다. 그러나 해마를 강에서 목욕시키면 안 된다. 물을 보자마자 옛 성격을 되찾아서 멀리 헤엄쳐 사라져 버린다.

인종학자들은 암컷을 수태시키는 바람(風)에 대한 이슬람적인 허구에서 나온 해마의 기원을 그리스-로마의 허구에서도 찾아보려고 노력했다. 베르길리우스는 『전원시』 3권에서 이러한 사람들의 믿음을 시로 꾸몄다. 그리고 플리니우스(8권 67장)는 더욱 열정적으로 이것에 대해서 이야기했다.

루시타니아와 올리시포(리스본) 근처, 그리고 타호 강 주변에서는 암말이 서풍을 향해서 머리를 돌리면, 바람으로 인해서 새끼를 밴다는 것을 의심하는 사람이 없다. 이런 식으로 태어난 망아지는 놀랄 만큼 빨리 달린다. 그러나 삼 년이 되기 전에 죽는다는 단점이 있다.

역사가 유스티누스는 무척 빠른 말에게 붙였던 '바람의 아들'이라는 과장법이 이러한 우화를 탄생시켰다고 믿었다.

자카리야 알카즈위니: 13세기 아라비아 아바스 왕조의 지리학자.

유스티누스: 3세기경 로마의 역사가.

케르베로스

　만일 지옥도 하나의 집이라고 본다면, 다시 말해 하데스의 집이라고 본다면 그 앞에 집을 지키는 개가 있는 것은 당연하다. 이러한 개가 사나울 것으로 상상하는 것 또한 당연하다.

　헤시오도스는 『신통기(神統記)』에 이 개에게는 쉰 개의 머리가 달려 있다고 기록했다. 그러나 조형 예술에서 작업을 편하게 하려고 머리 숫자를 줄이는 바람에 머리가 세 개인 케르베로스가 일반화되었다. 베르길리우스는 세 개의 목에 대해 이야기했고, 오비디우스는 세 종류의 짖는 소리에 대해 이야기했으며, 버틀러는 천국의 수문장인 로마 교황의 삼중관(三重冠)과 지옥을 지키는 개의 머리 세 개를 비교했다.(『휴디브라스』4장 2절.) 단테는 거기에다 악마적인 성격이 가미된 인간의 성질까지 부여했다. "이끼가 낀 것처럼 보이는 검은 수염, 빗속에서 신에게 버림받아 지옥에 떨어진 인간의 영혼을 발기발기 찢어 버리는 기다란 발톱이 달린 발, 입으로는 물어뜯을 뿐만 아니라 무시무시한 이빨을 드러내고 사납게 짖어 댄다."

헤라클레스의 마지막 과업은 이 케르베로스를 한낮의 태양 아래로 끌어내는 것이었다. 18세기 영국의 작가 자카리 그레이는 헤라클레스의 모험을 이런 식으로 해석했다.

머리가 세 개인 이 개는 모든 사물을 받아들이고 집어삼키는 과거와 현재 그리고 미래를 나타낸다. 그런데 그것이 헤라클레스에게 굴복했다는 것은, 영웅적인 행동은 시간을 초월한 승리라는 것과 그것은 후세의 기억 속에 영원히 살아남을 것임을 의미한다.

좀 더 오래된 옛날 문헌에는 케르베로스가 지옥에 들어오는 사람들에게 꼬리로 인사한다는 이야기가 나온다. 그런데 그 꼬리는 뱀이다. 뿐만 아니라 그는 지옥을 빠져나가려 하는 사람들을 보면 눈물을 흘린다. 훗날의 전설에서는 케르베로스가 지옥에 오는 모든 사람을 물어뜯는 것으로 그려졌다. 케르베로스를 조용히 시키려면 시체를 넣는 관에다 꿀로 만든 과자를 함께 넣어 주면 된다고 한다.

스칸디나비아의 신화에서는 피를 뒤집어쓴 가름이라는 개가 죽은 자들의 집을 지킨다. 그리고 지옥의 늑대들이 달과 태양을 집어삼키려고 할 때 신들과 싸움을 벌인다. 어떤 이들은 이 개의 눈이 네 개나 된다고 말한다. 브라만의 죽음의 신인 염라대왕의 개 역시 눈이 네 개다.

힌두교와 불교에서도 단테의 케르베로스와 비슷한, 영혼들의 사형 집행자 격인 개들이 지키는 지옥이 있다고 믿는다.

오비디우스: 고대 로마의 서정시인. 기지가 풍부하여 사랑을 노래한 연애시로 이름을 날렸다.

새뮤얼 버틀러: 17세기 영국의 시인. 청교도의 위선을 공격하는 풍자시를 많이 썼다. 시 작품으로 『휴디브라스』가 있다.

자카리 그레이: 주로 18세기에 활동한 영국인으로 옛것을 좋아하고 이에 천착했다.

카토블레파스

플리니우스(8권 32장)는 나일 강의 발원지에서 그리 멀지 않은 에티오피아의 국경 지대에 카토블레파스가 산다고 했다.

크기는 적당하고, 움직임은 느릿한 맹수류에 속하는 짐승이다. 머리는 눈에 띌 만큼 큰데, 머리를 달고 다니는 것이 힘들어 보일 정도이다. 그래서인지 언제나 고개를 숙이고 다닌다. 만일 머리를 숙이고 다니지 않았다면, 카토블레파스는 인간을 멸종시켰을 것이다. 카토블레파스의 눈을 본 사람은 그 자리에서 즉사하기 때문이다.

카토블레파스는 그리스어로 '아래를 보고 걷는 것'이라는 뜻이다. 퀴비에는 바실리스크와 고르곤 자매에게 더럽혀진 누의 모습이 고대인들에게 카토블레파스라는 동물을 상상하게 했을 거라 추측했다. 『성 안셀무스의 유혹』 마지막 부분에는 이런 구절이 있다.

검은 물소의 일종인 카토블레파스는 돼지같이 생긴 머리를 거의 땅에 닿을 정도로 숙이고 다닌다. 순대처럼 가늘고 긴 간들간들한 목이 등과 머리를 연결하고 있다. 이 동물은 언제나 진흙 범벅이며 얼굴에 난 칙칙한 갈기는 길게 자라서 발까지 뒤덮는다.

"둔하고 감상적이며 굼뜬 나는 배 아래를 덮고 있는 진흙만 생각해도 덥다. 내 두개골은 너무 무거워서 머리를 들고 다니기가 매우 힘들다. 나는 천천히 내 주변을 따라 머리를 굴린다. 턱을 반쯤 열어 혓바닥으로 눅눅한 독초를 뜯어 먹는다. 한번은 나도 모르게 내 다리를 먹어 치운 일도 있다."

"안토니오, 아무도 내 눈을 보지 못했소. 혹 내 눈을 본 사람이 있다면 그는 죽었을 거요. 내가 장밋빛으로 부어 오른 눈을 처드는 날에는 당신도 그 자리에서 죽을 것이오."

조르주 레오폴드 퀴비에: 18~19세기에 활동한 프랑스의 박물학자. 콜레주 드 프랑스의 교수로 비교 해부학, 동물 분류학을 강의했고, 고생물학 연구에 종사했다. 라마르크의 진화론에 반대하고 종의 불변설을 제창했다.

누: 암소와 비슷한 남아프리카산 영양의 일종.

켄타우로스

켄타우로스는 환상 동물 중에서 가장 조화로운 피조물이다. 오비디우스는 『변신』에서 켄타우로스를 "두 가지 형태"라고 불렀는데, 우리는 너무 쉽게 켄타우로스의 이질적이고 복합적인 성질을 간과해 버릴 뿐만 아니라, 플라톤의 이데아의 세계에 말과 인간의 원형이 있듯이 켄타우로스의 원형 또한 존재한다고 생각한다. 이 원형을 발견하기까지는 수 세기가 걸렸다. 고대의 유물들은 벌거벗은 인간의 머리에서 허리까지의 부분과, 말의 엉덩이 아랫부분이 부자연스럽게 붙어 있는 모습을 보여 준다. 올림포스에 있는 제우스 신전의 서쪽에는 켄타우로스가 말의 다리로 서 있는데, 동물의 목이 붙어 있어야 할 곳부터 엉뚱하게도 인간의 흉상이 붙어 있다.

제우스가 헤라의 모습을 본떠 만든 구름이 테살리아의 왕인 익시온과 몸을 섞어 켄타우로스를 낳았다는 설도 있고, 아폴론의 아들이라는 설도 있다.(베다 신화에서 태양의 말을 보살피는 보잘것없는 신 간다르바에서 유래했다는 설도 있다.) 호메로스 시대의 그리스인들은 말을 탈 줄 몰랐기 때문에, 말을 탄 유목민을 처음 보았을 때 그들을 말을 탄 인간이 아니라 말과 인간을 하나의 몸뚱이로 착각했을지도 모른다. 인디언들의 눈에도 피사로나 에르난 코르테스의 기병대 병사들이 켄타우로스처럼 보였을 수 있다.

　말을 탄 사람들 중의 하나가 말에서 굴러떨어졌다. 지금까지 하나의 몸뚱이인 줄 알았던 그 동물이 갑자기 두 토막으로 나뉘는 것을 보고, 인디언들은 비명을 지르면서 동료들에게 동물이 둘로 나뉜다고 소리치며 등을 돌리고 달아났다. 그것은 신비스러운 일이었다. 만일 이런 일이 없었다면, 그곳에 들어갔던 기독교인들은 모두 살해당했을 것이다.

이것은 프레스콧이 인용한 이야기이다.

그러나 그리스인들은 인디언들과 달리 말을 알고 있었다. 켄타우로스는 인간의 머리에서 나온 상상의 동물이지, 무지와 혼동에서 비롯된 것이 아니었다.

켄타우로스가 등장하는 우화 중 가장 널리 알려진 것은 결혼식 피로연에서 벌어진 외눈박이 거인들과 켄타우로스의 싸움 이야기일 것이다. 결혼식에 초대받은 켄타우로스에게 포도주는 색다른 음료였다. 축제가 한창 무르익어 갈 무렵, 술에 취한 켄타우로스가 방금 결혼한 신부를 모욕하고 탁자를 뒤엎었다. 이 일로 그 유명한 켄타우로스 전투가 시작되었다. 페이디아스 혹은 페이디아스의 제자는 파르테논 신전에 켄타우로스 전투를 조각해 놓았다. 오비디우스는 『변신』 12장에서 이에 대해 노래했고, 루벤스는 여기에서 영감을 받아 작품을 만들었다. 외눈박이 거인들에게 패한 켄타우로스는 테살리아에서 도망쳤고, 훗날 헤라클레스는 화살로 그들을 거의 전멸시켰다.

켄타우로스의 전설에는 투박한 야만성과 분노가 상징화되어 있다. 그러나 켄타우로스족의 현인이었던 케이론(『일리아드』11권 832장)은 아킬레우스와 아스클레피오스의 스승이기도 했다. 케이론은 이들에게 음악과 수렵, 약학과 의학까지 가르쳤다. 케이론은 "켄타우로스의 노래"라는 이름으로 불리는 「지옥편」 제12곡에 등장하는 기억할 만한 인물이다. 이와 관련해서는 모미글리아노가 1945년에 발행한 저서의 정교한 표현들을 살펴보기 바란다.

플리니우스(7권 3장)는 이집트에서 로마 황제에게 진상된 히포켄타우로스를 보았는데 그것이 꿀에 보관되어 있었다고 기록했다.

『일곱 현인의 향연』이라는 작품에서 플루타르크는 재미있는 이야기를 전하고 있다. 코린토스의 군주였던 페리안드로스의 목동 중 하나가 암말이 방금 출산한 젖먹이를 왕에게 가져왔는데 그것은 얼굴과 목, 팔은 인간의 모습을, 나머지 부분은 말의 모습을 하고 있었다. 그리고 마치 갓난아이처럼 울었다. 모두들 그것을 불길한 징조라고 생각했다. 그러나 현인 탈레스가 그것을 살펴보더니 껄껄 웃으며 페리안드로스에게 왜 젖먹이를 데려왔는지, 목동들의 행동을 정말 이해할 수 없다고 말했다.

루크레티우스는 시집 『사물의 본성에 관하여』 5권에서 켄타우로스라는 존재의 불가능성에 대해 말했다. 말은 인간보다 훨씬 빨리 성체가 되기 때문이다. 즉 세 살이 되면 켄타우로스는

다 자란 말과, 이제 겨우 말을 배우기 시작한 갓난아이의 결합이
되는 것이다. 말은 인간보다 오십 년은 더 빨리 죽는다.

프란시스코 피사로: 에스파냐의 탐험가. 1533년에 잉카
제국을 정복하여 에스파냐의 지배하에 두었다.

에르난 코르테스: 에스파냐의 멕시코 정복자. 유카탄
반도에서 출발하여 1521년에 아즈텍 제국을 정복했다.

윌리엄 히클링 프레스콧: 19세기 미국의 역사가. 에스파
냐 고문서 연구에서 시작하여 에스파냐 사람들의 아메
리카 식민 역사를 저술했다. 사고로 실명했으며, 역사적
사실의 묘사에 뛰어났다.

페이디아스: 기원전 5세기에 활동한 그리스 최대의 조각
가. 파르테논 신전의 아테나 거상, 올림피아의 제우스 거
상 등 대작을 남겼다.

플루타르크: 고대 그리스의 사상가. 철학, 수사학, 자연
과학 등 광범위한 저작을 남겼다. 『영웅전』, 『윤리론집』
등이 있다.

페리안드로스: 고대 그리스의 정치가. 코린토스의 참주
(기원전 6~7세기)로서 상업을 확대하고 학문을 보호하
여 일곱 현인 가운데 한 사람이 되었다.

탈레스: 고대 그리스의 철학자. 철학의 시조로 불린다.

백두(百頭) 동물

100개의 머리를 가진 동물은 물고기의 일종으로 말의 업 (業)에 의해, 그리고 윤회에 의해 탄생했다. 중국에서 기록한 부처의 전기 중에 이런 이야기가 있다. 어느 날 부처가 그물을 당기고 있는 어부들을 보았다. 어부들이 힘들여서 해변으로 끌어 올려 놓고 보니, 그 거대한 물고기는 원숭이, 개, 말, 여우, 돼지, 호랑이 등 머리를 100개나 가지고 있었다. 부처는 그 물고기에게 물었다.

"너는 카필라가 아니더냐?"

"그렇습니다." 100개의 머리가 숨을 거두기 직전에 일제히 대답했다.

부처는 제자들에게 카필라를 이렇게 설명했다. 전생에 카필라는 브라만 계급 출신의 승려였다. 그는 신성한 문헌에 나오는 지혜에 대해 그 어떤 사람보다 잘 알고 있었다. 그는 때로 이해를 하지 못하는 동료들을 보면 "원숭이 대가리", "개 대가리"라고 놀려 댔다. 그렇게 다른 사람을 놀려 대던 그가 죽자, 이러한 욕설로 인한 업이 쌓여서, 동료들에게 붙여 주었던 모든 대가리를 다 가진 흉측한 수중 괴물로 태어난 것이다.

카필라: 인도의 전설 속 사상가. 6파철학(六派哲學)의 하나인 상키아 학파의 개조로 일컬어진다.

하늘 사슴

하늘 사슴이 어떻게 생겼는지 아는 사람은 아무도 없다.(아마 그것을 똑똑히 본 사람이 없기 때문일 것이다.) 그러나 이 비극적인 동물이 갱 속을 거닐고 있으며, 밖으로 나가 한낮의 따스한 햇살을 받고 싶은 열망을 간직한 채 살아가는 것만은 분명한 사실이다. 하늘 사슴은 말을 할 줄 알았기 때문에 광부들에게 나갈 수 있게 도와 달라고 부탁했다. 처음에는 보석을 캘 수 있는 곳을 가르쳐 주겠다고 유혹하기도 했다. 그러나 이러한 꾀가 실패로 돌아가자 사슴들은 인간들을 괴롭히기 시작했다. 그러자 인간들은 사슴들을 막장에 가두어 버렸다. 사슴보다 수적으로 열세였던 광부들이 고통 속에 죽어 갔다는 소문도 있다.

전설에는 햇살을 받으면 사슴들이 죽음과 전염병을 부르는 악취 나는 액체로 변한다는 이야기도 덧붙여졌다.

이러한 상상은 중국에서 나온 것으로 G. 윌러비 미드가 쓴 『중국의 귀신과 도깨비』라는 책에 기록되어 있다.

크로코타와 레우크로코타

기원전 4세기 아르타크세르크세스 므네몸 시대의 의사였던 체시아스는 당시의 페르시아 사람들이 인도를 어떻게 상상하는지 알아보고, 무한한 가치를 지닌 인도에 대해 저술하기 위해 페르시아에서 나온 출전들을 이용했다. 이 작품 32장에서 그는 '늑대 개'에 대해 기술했다. 플리니우스(8권 30장)는 가설에 가까운 이 동물에게 크로코타라는 이름을 붙이고는 이렇게 설명했다. "이 동물은 이빨로 무엇이든 찢을 수 있다. 그리고 무엇이든 소화시킨다."

크로코타는 분명히 레우크로코타와 같은 것이다. 어떤 주석가들은 크로코타가 누에서 나온 것이라 생각했고, 또 어떤 사람들은 하이에나에서 나온 것이라 생각했다. 또 이 두 동물이 섞인 것이라 생각한 사람도 있다. 크로코타는 동작이 무척 재빠르며, 크기는 야생 당나귀만 하다. 발은 사슴을 닮았고, 목과 꼬리, 그리고 가슴 부위는 사자를 닮았으며, 머리는 너구리를 닮았다. 입은 귀밑까지 찢어졌으며, 발톱은 갈라졌고, 이빨 대신 뼈가 나와 있다. 이것은 에티오피아(이곳에는 이 밖에도 움직이는 뿔로 무장한 야생 들소가 산다.)에 사는데 인간의 목소리를 멋지게 흉내 내는 것으로 유명하다.

아르타크세르크세스 므네몸: 페르시아의 아케메네스 왕조의 왕. 아르타크세르크세스 2세(재위: 기원전 405~기원전 359)를 말한다.

크로노스 혹은 헤라클레스

신플라톤주의자인 다마스키오스는 『제1원리에 대한 의문과 해답』에서 오르페우스교 신들의 계보와 우주 창조에 대해 상당한 호기심을 불러일으키는 이야기를 언급했다. 여기에서 크로노스 ― 혹은 헤라클레스 ― 는 괴물로 등장한다.

히에로니무스와 헬라니코스(이 두 사람이 동일인이 아니라면)의 이야기를 빌리자면 오르페우스교의 기본 원리는 다음과 같다. 태초에 세상에는 물과 진흙만 있어 이 두 가지 요소로 지구가 반죽되었다. 따라서 물과 흙이 가장 근본적인 요소이다. 곧이어 날개 달린 용이 세 번째 요소로 등장한다. 그것의 앞쪽에는 황소의 머리, 뒤쪽에는 사자의 머리, 그리고 가운데에는 신이 얼굴이 달려 있었다. 이것은 영원히 늙지 않는 크로노스 혹은 헤라클레스라고 불렸다. 용과 함께 생긴 것이 있었는데 그것은 바로 "필요한 것"이었으며, 이것은 "불가피한 것"이라고도 불렸다. 덕분에 넓은 우주가 채워졌고, 우주는 경계를 넓힐 수 있었다. 용이었던 크로노스는 자기 몸속에서 세 겹으로 된 씨를 꺼냈다. 그것은 습기 찬 에테르와 무한한 카오스, 그리고 안개 낀 에레보스였다. 이 씨앗 아래에 알을 놓자, 바로 이 알에서 지구가 생겨났다. 오르페우스가 마지막 요소로 지적한 것은 신이었다. 신의 등에는 황금으로 된 날개가, 그리고 옆구리에는 황소 머리가 있었다. 그는 남자인 동시에 여자였다. 뿐만 아니라 모든 맹수류와 마찬가지로 머리 위에 거대한 용이 있었다.

터무니없고 기괴한 것은 그리스적이라기보다는 동양적인 것이라고 생각했기 때문에, 월터 크란츠는 이러한 이야기가 동양에서 유래했다고 생각했다.

다마스키오스: 그리스의 철학자. 6세기 중엽에 사망한 것으로 추정된다. 『제1원리에 대한 의문과 해답』은 5세기를 대표하는 신플라톤주의자 프로클로스의 체계를 유지하면서 그것을 한층 발전시킨 저작이다.

히에로니무스: 달마티아 출신의 성서학자이자 4대 교부 중 한 사람. 교회 공인 번역이 되는 성서의 라틴어 역 『불가타』를 완성한 것으로 유명하다.

헬라니코스: 그리스의 역사가. 페르시아사, 아티카사, 아르고스사 등에 대해 쓴 단편들이 현존한다.

크루자

나에게는 반은 고양이이고 반은 양인, 매우 재미있게 생긴 동물이 있다. 이것은 아버지에게 물려받은 동물이다. 나는 이 녀석을 열심히 키웠다. 예전에는 고양이보다 양을 더 많이 닮았으나, 지금은 반반이라고 하는 것이 맞을 것이다. 이 동물은 머리와 발톱은 고양이와 비슷하고, 크기와 생김새는 양과 비슷하다. 소극적이기는 하지만 불꽃이 이는 듯한 눈동자와 부드러우면서 피부에 딱 달라붙은 가죽, 그리고 겁을 먹고 뒷걸음질 치는 행동 따위는 양과 고양이를 꼭 빼닮았다. 크루자〔잡종(雜種)〕는 창문으로 햇살이 새어 들어오면 몸을 움츠리고 그르렁거린다. 이 녀석이 들판을 미친 듯이 달리기 시작하면 그 누구도 따라잡지 못한다. 크루자는 고양이들한테서는 도망치고, 양들은 공격한다. 크루자가 달밤에 가장 즐기는 산책로는 지붕에 있는 물받이 통이다. 야옹 소리도 내지 못하며 쥐를 몹시 싫어한다. 몇 시간씩 닭장 옆에 숨어 있을 때도 있지만 아직 한 번도 닭을 몰래 물어 죽이는 따위의 나쁜 짓은 하지 않았다.

나는 크루자가 제일 좋아하는 음식인 우유를 먹여서 이 녀석을 키웠다. 크루자는 이빨 틈새로 우유를 빨아먹었다. 아이들에게 그것은 당연히 구경거리였다. 일요일에는 아이들이 찾아와서 구경하곤 했다. 내가 크루자를 무릎 위에 올려놓고 앉아 있으면 아이들이 내 주변을 돌며 구경하곤 했다.

누구도 대답할 수 없는 희한한 질문들이 쏟아졌다. 왜 한 마리뿐이냐, 다른 누구도 아닌 내가 크루자의 주인이 된 까닭은 무엇이냐, 옛날에도 이와 비슷한 동물이 있었느냐, 만일 이것이 죽으면 어떻게 되느냐, 혼자라서 외롭다면 왜 새끼는 없느냐, 이름은 뭐냐 따위였다. 나는 어떤 질문에도 대답하지 않았다. 내가 가진 것을 보여 주는 것으로 만족했을 뿐 설명은 하지 않았다. 아이들은 때때로 양이나 고양이를 데려오기도 했다. 그러나 아이들의 기대와 반대로 별다른 일은 일어나지 않았다. 녀석들은 서로 물끄러미 바라보기만 했다. 상대방을 신성한 존재로 인정하는 태도였다. 크루자는 언제나 내 무릎 위에, 두려움과 뭔가를 쫓아가고 싶은 충동을 잊어버린 듯이, 가만히 앉아 있었다. 아주 기분이 좋다는 듯이 몸을 웅크린 채 나에게 기대어 오기도 했다. 이 동물은 자기를 길러 준 가족들에게 애정을 느끼고 있었다. 이러한 충실함은 독특한 것은 아니었다. 어찌 보면 그것은 동물들의 직선적인 본능이었다. 땅에는 그의 수많은 의붓 형제들이 있었지만, 같은 피를 이어받은 것은 한 마리도 없었다. 이 녀석이 우리를 의지하는 마음은 신성하게 생각될 정도였다.

크루자가 내 주변을 씩씩거리고 돌아다닐 때면 나는 웃지 않을 수 없었다. 그것은 다리로 나를 휘감고서 떨어지려 하지 않았다. 고양이와 양의 역할로는 성이 차지 않았던지 개 노릇까지 하려 들었다. 언젠가 — 이런 일은 누구에게나 일어날 수 있지 않을까. — 내가 경제적인 어려움에서 빠져 출구를 찾지 못하던 때가 있었다. 모든 것이 끝났다는 생각에 나는 무릎에 크루자를 올려놓고 안락의자에 앉아 있었다. 우연히 아래쪽을 바라본 나는 녀석의 기다란 수염에 눈물이 매달려 있는 것을 보았다. 그 녀석의 눈물이었을까, 아니면 내 눈물이었을까? 양의 영혼을 함께 지닌 이 고양이에게는 인간의 자존심도 있었던 것일까? 나는 아버지에게 물려받은 것이 별로 없다. 그러나 이 유산만큼은 가치가 있었다.

이 녀석에게는 두 동물의 성급함이 있었다. 약간 다른 면이 있었지만 크루자는 고양이와 양처럼 성급하다. 그래서 자신의 피부를 답답하게 느꼈다. 크루자는 때로 내 팔걸이의자 위로 뛰어 올라와서는 앞발은 내 어깨에, 코는 내 귀에 가져다 대고는 마치 나에게 뭔가를 이야기하려는 듯이 행동했다. 그리고 고개를 돌려서 나를 뚫어지게 바라보았다. 자기가 한 이야기의 결과를 살피는 것 같았다. 녀석을 즐겁게 해 주기 위해서 내가 알았다는 듯 고개를 끄덕이면 녀석은 다시 마루로 뛰어 내려가서 주변을 깡충깡충 뛰어다녔다.

이 동물을 구원할 수 있는 것은 정육점 주인의 칼이었을지도 모른다. 그러나 녀석은 아버지의 유산이었고 나는 그러한 유혹을 뿌리쳐야만 했다. 크루자의 숨이 끊어지기만을 기다려야 했다. 나에게 합리적인 조치를 취하라는 듯이, 녀석은 때때로 인간처럼 이성적인 눈을 하고 나를 바라보았다.

프란츠 카프카

쇠사슬을 끄는 암퇘지

펠릭스 콜룩시오가 쓴 『아르헨티나 민속 사전』(부에노스아이레스, 1950) 106쪽에는 이런 이야기가 나온다.

코르도바의 북부, 좀 더 자세히 이야기하면 킬리노스 지방에 쇠사슬을 끄는 암퇘지가 나타났다는 이야기가 있다. 그것은 보통 밤에만 모습을 드러낸다고 한다. 철도역 주변에 사는 사람들은 암퇘지가 철길로 미끄러지듯이 뛰어다닌다는 사실을 확인해 주었다. 어떤 사람들은 그것이 쇠사슬로, 지옥에서나 들을 법한 묘한 소리를 내면서 전화선을 타고 달린다고 했다. 그러나 아무도 그것을 본 사람은 없다. 실체를 보려고 고개를 돌리면 신비하게도 사라져 버리기 때문이다.

유대교의 악마들

유대인들은 육신과 영혼의 세계 사이에 악마와 천사가 사는 세계가 있다고 상상했다. 그리고 그곳에 거주하는 존재들의 숫자는 산술적인 한계를 뛰어넘는다고 믿었다. 수 세기에 걸쳐 이집트와 바빌로니아 그리고 페르시아는 이러한 환상적인 세계의 형성에 일조했다. 기독교의 영향 때문에(트라하텐베르크의 주장이다.) 악마학 혹은 악마에 대한 학문이 천사학이나 천사에 대한 학문보다 덜 중요하게 여겨졌는지도 모른다.

그러나 우리는 한낮과 무더운 여름날의 주인인 케테흐 메리리를 거론할 수 있다. 학교에 가던 아이들이 우연히 그와 만났다. 그를 만난 아이들은 두 명을 빼고 모두 죽어 버렸다. 13세기에 들어서자 유대의 악마학은 라틴과 독일, 그리고 프랑스에서 들어온 악마들에 의해 그 경계가 확장되었다. 그들은 결국 『탈무드』에 본래 기록되어 있던 존재들과 완전히 뒤섞여 버렸다.

스웨덴보리의 악마

에마누엘 스웨덴보리의 악마는 우리에게 특이한 종류의
악마를 연상시킨다. 바로 인간에게서 비롯된 악마, 다시 말해
사후에 지옥을 선택한 자들을 연상시키는 것이다. 늪, 불모의
사막, 얽히고설킨 밀림, 불〔火〕로 황폐해진 지역, 매음굴, 그리
고 음침한 감시가 계속되는 곳에서 그들은 결코 행복을 느낄
수 없다. 그러나 그들은 천국에서도 불행을 느낄 것이다. 때로
는 빛이 하늘 높은 곳에서부터 지옥으로 내려온다. 그러나 악
마들은 그것을 자신들을 태워 버리려는 것으로, 혹은 썩는 냄
새가 나는 것으로 여긴다.

그들은 스스로를 아름답다고 믿지만 대다수는 짐승의 얼
굴 혹은 짓이겨진 고깃덩어리 같은 얼굴을 하고 있다. 그들은
무장을 하고 폭력을 휘두르며 서로를 증오하면서 살아간다.
그들이 서로 얼굴을 맞대고 있는 이유는 서로를 파괴하고, 증
오하고, 그리고 폭력을 휘두르기 위해서이다.

하느님은 인간과 천사들에게 지옥도를 그리는 것을 금지

시켰다. 그러나 우리는 지옥의 윤곽이 악마의 윤곽과 비슷하다는 것을 알고 있다. 가장 추잡하고 잔혹한 지옥은 서쪽에 있다고 한다.

죽은 자를 삼키는 동물

여러 시대에 걸쳐 여러 나라에서 모습을 드러내면서 문학적 호기심을 유발하는 동물이 있다. 이것은 저승에서 죽은 이들을 안내하는 동물이다. 스웨덴보리의 『천국과 지옥』, 신비주의 작품인 『티베트 사자(死者)의 서(書)』(에번스 웬츠에 따르면 '사후 세계에서의 해방'이라고 번역할 수 있다고 한다.), 그리고 이집트에서 출판한 『사자의 서』 등에서 그 예를 찾을 수 있다. 뒤에 거론한 두 작품의 '차이점과 유사점'은 많은 학자들의 관심을 불러일으켰다. 티베트의 책들은 저승을 이승처럼 환각적인 것으로 보지만 이집트 사람들은 저승을 진실된 것이자 구체적인 것으로 본다.

두 작품에는 원숭이 얼굴을 한 신성한 재판관이 재판정에 앉아 선행과 악행을 심판하는 장면이 나온다. 『사자의 서』에서는 심장과 깃털 하나를 올려놓고 이 둘의 무게를 잰다. 심장은 죽은 자의 행동이나 양심을 나타내고 깃털은 정의나 진실을 나타낸다. 그러나 『티베트 사자의 서』에서는 검은 돌과 흰

돌로 저울을 단다. 티베트 사람들은 끔찍한 사형 집행을 담당하는 악마가 따로 있다고 믿는다. 이러한 악마에 해당하는 것이 이집트에서는 바로 죽은 자를 삼키는 동물이다.

죽은 자는 다음 내용을 맹세해야 한다. 기아나 고뇌로 죽지 않았다는 것, 그리고 사람을 죽이지 않았고 자기 역시 살해되지 않았다는 것, 또한 장례 음식을 훔쳐 먹지 않았고, 저울 눈금을 속이지 않았으며, 아기가 먹을 우유를 빼앗지 않았고, 동물들을 목초지에서 쫓아내지도 않았으며, 신들의 새를 괴롭히지도 않았다는 것을.

만일 거짓말을 하면 마흔두 명의 재판관이 죽은 자를 삼키는 동물에게 죄인을 넘겨준다. "앞쪽은 악어와 비슷하고, 중간 부분은 사자와 비슷하며, 뒤쪽은 하마와 비슷한 동물"에게 말이다. 이 동물을 돕는 동물로는 바바이가 있다. 바바이에 대해서는 그가 무시무시하게 생겼다는 것과, 플루타르크가 키마이라의 아버지인 티탄을 바바이와 동일인으로 여겼다는 것 외에는 알려진 것이 없다.

에번스 웬츠: 『티베트 사자(死者)의 서(書)』를 영어로 번역했으며 『티베트의 요가와 밀의(密儀)』 등을 저술했다.

티탄: 그리스 신화에 나오는 거인족.

분신(分身)

거울이나 수면, 그리고 아름다운 유리 단추 따위로 상징되는 분신의 개념은 여러 나라에서 통용된다. 피타고라스의 "또 다른 '나'라고 할 수 있는 친구" 혹은 플라톤 철학의 근본인 "너 자신을 알라." 같은 것이 바로 이러한 분신에서 암시를 받았다고 할 수 있다. 독일에서는 이것을 "제2의 자아," 즉 "도플갱어"라고 불렀고 스코틀랜드에서는 인간을 죽음의 세계로 데려간다고 믿어 "사자(使者, fetch)"라고 불렀다.

자신과 만난다는 것은 분명 불길한 일이다. 로버트 루이스 스티븐슨은 비극적인 노래 「티콘데로가」에서 이러한 주제를 작품으로 승화시켰다. 또한 로세티가 그린 「그들은 어떻게 자신과 마주쳤는가」라는 작품을 상기할 필요도 있다. 이 작품에서 두 연인은 황혼 녘 숲 속에서 자신들과 마주친다. 또한 너새니얼 호손과 도스토예프스키, 그리고 알프레드 드 뮈세의 작품에서도 이러한 이야기를 찾아볼 수 있다.

반대로 유대인들은 분신의 출현을 죽음이 가까워진 징조

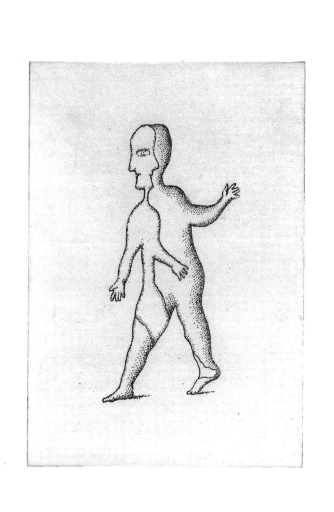

로 받아들이지 않았다. 그들은 오히려 그것을 선지자가 될 징조로 받아들였다. 게르숌 숄렘은 그런 식으로 설명하고 있다. 탈무드에 나오는 전설 중에는 신을 찾아 나섰다가 자기 자신과 만나는 인간의 이야기가 있다.

에드거 앨런 포의 「윌리엄 윌슨」이라는 작품에서 분신은 영웅의 양심으로 그려진다. 영웅은 분신을 죽이고 자신도 따라 죽는다. 예이츠의 시에서 분신은 우리를 지켜보는, 그러면서 현재의 우리도, 미래의 우리도 될 수 없는 또 다른 우리 혹은 우리의 상대방으로 묘사된다.

플루타르크에 의하면 그리스에서는 임금의 특사에게 "또 다른 나"라는 이름을 붙여 주었다고 한다.

단테 가브리엘 로세티: 19세기 영국의 시인, 화가. 라파엘 전파(Raphael 前派)를 결성했다. 주로 성서나 신화에서 가져온 주제로 로맨틱하고 신비로운 정감이 드러나는 그림을 선보였다.

알프레드 드 뮈세: 19세기 프랑스의 낭만파 시인, 소설가, 극작가. 19세기 낭만파 4대 시인의 한 사람이다. 재기와 감수성이 넘치는 청춘시인으로 출발하여 나중에는 내성적인 작품을 많이 썼다.

게르숌 숄렘: 20세기 유대 신비주의 사상 연구자로서 이 분야 최고의 학자이다. 베를린 태생으로 훗날 팔레스타인에서 살았다. 저서로는 『유대 신비주의』, 『유대 신비사상의 주된 경향』 등이 있다.

동양의 용

　용은 여러 가지 모습으로 변신할 수 있다. 그러나 인간은 용이 무엇으로 변신했는지 알아볼 수 없다. 일반적으로 용은 말의 머리와 뱀의 꼬리에, 옆구리에는 커다란 날개가 달리고 발이 네 개라고(각각에 네 개의 발톱이 달려 있다.) 알려져 있다. 용은 또 다른 모습으로 그려지기도 한다. 뿔은 사슴의 뿔과 비슷하며 머리는 낙타를, 눈은 악마를, 목덜미는 뱀을, 배는 연체동물을, 비늘은 물고기를, 발은 독수리를, 발목은 호랑이를, 그리고 귀는 소를 닮았다고 말이다. 또 어떤 사람은 용은 귀가 없으며 대신 뿔로 소리를 듣는다고 말한다. 그리고 용은 일반적으로 여의주로 상징된다. 여의주는 용의 목에 걸려 있는데 태양을 상징하며, 이 여의주에서 모든 힘이 나온다. 그렇기 때문에 여의주를 빼앗기면 완전히 힘을 잃는다.

　역사에 의하면 최초의 황제들은 용이었다. 용의 뼈와 이빨, 그리고 침에는 약효가 있다고 한다. 용은 자신의 의지에 따라서 인간에게 보일 수도 있고 또 보이지 않을 수도 있다.

그리고 봄이 되면 하늘로 올라가고 가을이 되면 물속 깊숙이 들어간다. 어떤 용은 날개가 없어 과격하게 몸부림을 치면서 날아다닌다.

우리가 아는 용은 몇 가지로 나뉜다. 하늘에 사는 용은 신들의 궁전을 등에 지고 다니며 신들의 궁전이 땅에 떨어지는 것을 막는다. 성스러운 용은 인간을 위해 바람을 일으키고 비를 내리게 한다. 지상에 사는 용은 하천의 흐름을 결정한다. 그리고 지하에 사는 용은 인간으로부터 감추어진 보물을 지킨다. 불교도들은 용의 숫자가, 중심이 동일한 여러 바다에 사는 물고기의 숫자보다 적지 않다고 믿는다. 또 우주의 어떤 곳에 용의 숫자를 적어 놓은 신비한 암호가 있다고 믿는다. 중국인들은 다른 신보다 용을 신성한 존재로 믿는다. 변하는 구름의 모습 속에서 용의 모습을 자주 발견하기 때문이다. 이와 유사하게 셰익스피어도 용 모양을 한 구름을 본 적이 있다고 기록했다.(우리도 가끔은 용 모양의 구름을 본다.)

그리고 용은 산을 다스리기도 한다. 그렇기 때문에 흙으로 보는 점 혹은 풍수와도 관련이 있다. 용은 묘지 가까이에 사는데 이는 공자 숭배와 관련이 있다. 용은 바다에서는 넵투누스가 된다. 그리고 대륙에서도 모습을 드러낸다. 바다에 사는 용들의 임금, 즉 용왕은 휘황찬란한 궁전에 살면서 오팔과 진주를 먹는다. 이러한 용왕은 다섯 명이다. 한가운데에 가장 힘이 센 용왕이 살고, 나머지 네 명은 각각의 방위에서 산다. 이들의 길이는 10여 리에 이른다고 한다. 그래서 몸을 틀면 산들이 서로 부딪치게 된다. 용은 마치 갑옷을 입은 듯 비늘에 덮여 있다. 그리고 주둥이 아래쪽에는 수염이 있으며 다리와 꼬리는 털로 덮여 있다. 타는 듯한 눈동자 위에는 불룩 튀어나온

이마가 있으며 귀의 모양은 작고 투박하다. 언제나 입을 벌리고 있으며, 혀는 기다랗고 이빨은 날카롭다. 입김은 물고기가 튀겨질 정도로 뜨겁고, 몸에서 나는 광채는 물고기를 구워 버릴 정도로 강렬하다. 용이 바다 위로 올라오면 소용돌이와 태풍이 일어난다. 그가 하늘을 날아가면 도시에 있는 집들의 지붕이 날아가고 들녘에 홍수가 날 정도로 강한 폭풍우가 친다. 이러한 용은 영원히 죽지 않으며 서로 아무리 멀리 떨어져 있어도 직접 말하지 않고도 대화를 나눌 수 있다고 한다. 그들은 세 번째 달에는 자기들 직속상관인 하늘에 연례 보고를 한다.

중국의 용

　우주 창조와 관련해서, 중국인들은 만물이 '음(陰)'과 '양(陽)'이라는, 영원하고도 상호 보완적인 두 요소의 율동적인 결합에 의해 탄생했다고 말한다. 응축이나 어둠, 수동성, 그리고 짝수와 추위 같은 것은 음에 속하고, 성장과 빛, 격렬함과 홀수, 더위 같은 것은 양에 속한다는 것이다. 음은 여성, 땅, 오렌지색, 계곡, 강바닥, 호랑이 같은 것을 상징하고, 양은 남성, 하늘, 파란색, 산, 용, 기둥 같은 것을 상징한다.

　중국의 용은 신비한 네 가지 동물 중 하나이다.(나머지 세 동물은 일각수, 봉황, 거북이다.) 여러 가지 경우로 볼 때 서양의 용은 사람들에게 공포감을 주는 존재, 잘해 봐야 우스꽝스러운 존재인 데 반해, 중국의 전통적인 용은 신성한 것으로서 사자(獅子)라고도 할 수 있는 천사와 같은 존재이다. 다음은 사마천(司馬遷)의 『사기(史記)』에 기록된 일화이다. 공자(孔子)가 현인인 노자(老子)에게 자문을 구하러 갔다. 그를 만난 뒤 공자는 이렇게 말했다.

새들은 날아다니고 물고기는 헤엄쳐 다니며 육지 동물들은 뛰어다닌다. 뛰어다니는 것은 덫에 걸릴 수 있으며 헤엄쳐 다니는 것은 그물에 걸릴 수 있고 날아다니는 것은 화살에 맞을 수 있다. 그러나 용이라는 것이 있다. 용이 바람 속을 어떻게 날아가는지, 어떻게 하늘로 올라가는지 나는 알지 못한다. 오늘 노자를 만났다. 나는 감히 용을 만나고 왔다고 말할 수 있다.

용이나 용마(龍馬)는 황하에서 솟아올라, 양과 음의 상호 작용을 상징화한 둥근 태극 기호를 황제에게 가르쳐 주었다. 어떤 임금은 마차를 끄는 용, 혹은 의자로 쓰는 용을 소유했고, 또 어떤 임금은 용을 기르기도 했다. 이런 임금이 다스리는 나라는 번영을 구가했다. 위대한 시인은 임금의 위급함을 이렇게 노래하기도 했다. "일각수는 차가운 요리 신세가 되었고, 용은 고기만두 신세가 되었다."

『역경(易經)』에서 용은 현자를 상징했다.

수 세기에 걸쳐 용은 제국의 상징이었다. 황제의 의자는 용상(龍床)이라고 불렸고, 황제의 얼굴은 용안(龍顔)이라고 칭해졌다. 황제가 세상을 떠났다는 것을 알릴 때에는 용을 타고 하늘로 승천했다는 표현이 사용되었다.

사람들의 상상력은 용을 농부들이 열망하는 구름이나 비, 그리고 수량이 풍부한 강과 연결시켰다. "대지가 용과 일체가 된다."는 표현은 비를 의미하는 일상적인 어구였다. 6세기경 장승요(張僧繇)가 그린 벽화에는 네 마리의 용이 형상화되어 있었다. 그림을 본 사람들은, 용의 눈을 그리지 않았다는 이유로 일제히 그를 비난했다. 기분이 상한 그는 다시 붓을 들어 살아 움직일 듯이 생동감 있는 그림에 마지막으로 두 마리 용의 눈을 그려 넣었다. 그러자 "번개와 천둥이 치면서 벽이 갈라지고 용들이 하늘로 날아 올라갔다. 그러나 눈이 그려지지 않은 두 마리는 제자리에 남았다고 한다."

중국의 용은 뿔과 발, 그리고 비늘이 있으며 척추가 가시처럼 꼿꼿하다. 그리고 언제나 내뿜었다 삼켰다 하는 여의주를 물고 있다. 중국인들은 이 여의주에서 모든 힘이 나온다고 믿었다. 따라서 여의주를 빼앗기면 용은 무력해진다.

장자(莊子)는 고집이 센 한 인물에 대해서 이야기한 바 있다. 그는 삼 년 동안 각고의 노력 끝에 용을 무찌를 수 있을 만큼 무예를 닦았다. 그러나 일생 동안 단 한 차례도 그 실력을 발휘할 기회를 잡지 못했다고 한다.

장승요: 6세기 초엽에 양(梁)의 무제(武帝)가 궁중 화가로 임명한 화가로서 육조 시대의 3대가(大家) 중 한 사람이다. 용과 인물을 잘 그렸으며, 인도에서 전래된 부조(浮彫) 화법을 사용했는데 이는 당나라의 회화를 형성하는 데 유력한 기초가 되었다고 한다.

서양의 용

날카로운 발톱과 날개가 달린, 거대한 뱀의 모습이 아마 서양의 용을 가장 충실하게 표현한 그림일 것이다. 검은색을 띨 수도 있지만, 광채를 번득이는 게 더 어울린다. 또한 불과 수증기를 내뿜는 것처럼 그려질 때도 있다. 서양 사람들은 이 것이 용의 실제 모습이라고 믿었다. 그리스 사람들은 용의 실제 모습을 특이한 종류의 뱀과 연관시켰던 듯하다. 플리니우스는 이렇게 말했다. 용은 여름에는 상대적으로 차가운 코끼리의 피를 먹는다. 용은 사납게 코끼리를 공격하여 코끼리를 칭칭 감고서 이빨로 물어뜯는다. 피를 빼앗긴 코끼리는 결국 땅바닥을 구르다가 죽게 된다. 그러나 용도 상대방의 무게를 이기지 못하고 눌려서 죽고 만다. 또한 에티오피아에는 용이 훌륭한 목장을 찾아서 홍해를 건너 아라비아로 간 이야기가 전해진다. 이 모험을 위해서 네다섯 마리의 용은 서로를 껴안아 선박 형태를 만들었다. 그러나 머리는 언제나 물 밖으로 내놓았다. 또 다른 페이지에는 용을 이용한 여러 가지 처방이 나

오는데 이런 이야기가 적혀 있다. 말려서 꿀과 버무린 용의 눈으로는 공포와 불안감에 효과가 탁월한 연고를 만들 수 있다. 그리고 용의 심장에 있는 지방질을 양의 가죽에 싸서 사슴의 힘줄로 사람의 팔에 묶어 놓으면 소송에서 이길 수 있다. 뿐만 아니라 용의 이빨을 몸에 묶어 놓으면 주인은 관대해지고 임금은 은혜로워진다. 이 문헌에는 비록 회의를 나타내기는 했지만 인간을 무적으로 만들어 주는 약의 조제법도 자세히 언급되어 있다. 즉 사자의 털과 골수, 방금 경주에서 우승한 말의 거품과 개의 발톱, 그리고 용의 꼬리와 머리를 가지고 이러한 약을 만들 수 있다고 믿었다.

『일리아드』 11권에는 이런 구절이 있다. "아가멤논의 문장(紋章)에는 남근이 세 개나 되는 파란 용이 그려져 있다." 몇 세기 후 스칸디나비아의 해적들은 문장에 용을 그렸고, 뱃머리에도 용의 머리를 새겼다. 로마인들은 보병들의 깃발에 용을 그려 넣었다.(반면에 기병대 깃발에는 독수리를 그렸다.) 지금의 '용의 부대'의 기원은 바로 여기에서 시작되었다. 영국의 게르만족 출신 임금들은 적에게 두려움을 주기 위해 깃발에 언제나 용을 그려 넣었다. 아티스가 등장하는 로망에 이런 구절이 있다.

로마인들은 언제나 이것을 지니고 다닌다.
이것은 우리에게 언제나 로마인을 두려워하게 한다.

서유럽인들은 언제나 용을 사악한 짐승으로 생각했다. 고전에 나오는 영웅들(헤라클레스, 시구르드, 성 미카엘, 성 조지)의 투쟁 대상에는 언제나 용이 포함되어 있었고, 용을 굴복시켜

죽이는 것이 영웅담의 소재가 되었다. 게르만족의 전설에서 용은 값비싼 물건을 지키는 역할을 맡았다. 무훈시 『베어울프』(8세기경 영국에서 만들어진 시)에도 삼백 년 동안 보물을 지키는 역할을 수행한 용이 등장한다. 도망쳐 나온 노예는 용이 지키는 동굴에 숨어 들어가서 항아리를 가지고 나온다. 그러나 잠에서 깨어난 용은 보물을 도둑맞은 것을 알고 쫓아 나와 도둑을 죽여 버린다. 그 후로는 가끔 동굴에 내려와서 살펴보곤 한다.(시인의 놀랄 만한 상상력이 용에게 상당히 인간적인 모습을 부여하고 있다. 즉 상당히 불안한 심리 상태를 보여 주는 것이다.) 그 후 용은 전 국토를 황폐하게 만든다. 그러자 베어울프는 용을 찾아 나서고, 용과 싸워서 죽인다.

사람들은 용이 존재한다고 믿었다. 16세기 중엽 상당히 과학적인 책이었던 콘라트 게스너의 『동물지(動物誌)』에도 용에 관한 기록이 있다.

시간의 흐름과 함께 용의 명성은 상당히 퇴색했다. 우리는 사자라는 동물을 상징으로 만들었지만, 그것은 실재하는 존재다. 그러나 미노타우로스(몸은 사람이지만 머리는 소인 인간)는 상징으로만 받아들인다. 왜냐하면 그것이 존재하지 않는다는 것을 알기 때문이다. 아마 사람들 사이에서 가장 널리 알려진 동물은 용일 것이다. 그러나 그것은 상상 동물 중에서 가장 운이 없는 동물이기도 하다. 용을 이야기하는 사람은 철이 덜 든 사람이나 유치한 사람 취급을 받는다. 그러나 이 역시 요정들의 이야기에 용이 지나치게 많이 등장하는 데서 기인한 근대적인 편견에 지나지 않는다. 성 요한은 「요한의 묵시록」에서 용을 두 번 언급했다. 즉 "악마라고도 하고 사탄이라고도 하며…… 늙은 뱀"이라고 말이다. 성 아우구스티누스도 비슷한 말을 했다. "사자이자 용이다. 용맹함은 사자와 같고 계략은 용과 같다." 융 역시 용 안에는 하늘과 땅의 기본 요소인 뱀과 새의 성질이 혼재한다고 말했다.

아티스: 12세기 후반의 로망인 『아티스와 프로피리아 스』에 나오는 인물이다.

시구르드: 아이슬란드 전설에 나오는 영웅. 게르만 신화 의 지크프리트에 해당된다.

성 미카엘: 「요한의 묵시록」 12장 7절 참조.

성 조지: 영국의 수호 성자. 4세기 초에 팔레스타인에서 순교했다. 훗날 중세에 가장 널리 유포되었던 성인전(聖 人傳) 『황금 전설』에 의해서 용을 퇴치했다고 알려졌다.

콘라트 게스너: 16세기 독일계 스위스의 박물학자. '독일 의 플리니우스'라고 일컬어진다. 『동물지』는 그 당시의 지식을 집대성한 동물학 저서로, 1551년부터 그가 죽은 뒤인 1587년까지 전5권으로 출판되었다.

부처의 탄생을 예언한 코끼리

　기원전 500년에 네팔의 마야 왕비는 하얀 코끼리가 황금
산에서 내려와 자기 몸으로 들어오는 꿈을 꾸었다. 꿈속의 코
끼리는 어금니가 여섯 개나 되었다. 이 여섯 개의 어금니는 인
도의 공간 개념에 의하면 위, 아래, 왼쪽, 오른쪽, 앞, 뒤 여섯 개
의 공간 영역에 속한다. 임금을 보좌하던 점성술사들은 마야
왕비가 사내아이를 낳을 것이며, 그 아이가 세계의 지배자나
인류의 구원자가 될 것이라 예언했다. 알려진 바와 같이 그들
의 예언은 실현되었다.

　인도에서 코끼리는 가정에서 기르는 동물이다. 하얀색은
겸손을 의미하고 여섯은 신성한 숫자이다.

엘프

엘프는 스칸디나비아 신화에 나오는 작은 요정으로 게르만의 혈통에서 유래했다. 재앙 덩어리이자 몸집이 작다는 것 외에는 생김새에 대해 알려진 바가 없다. 영국에서는 헝클어진 머리카락을 엘플록(elflock)이라고 부른다. 그것이 엘프의 장난 때문이라고 믿기 때문이다. 앵글로색슨족의 주문(呪文)에 의하면 엘프에게는 사악한 능력이 있다. 즉 멀리서 조그만 쇠 화살을 던질 수 있는 능력이 있는데, 피부에 아무 흔적도 남기지 않는 이 화살에 맞으면 신경통이 생긴다는 것이다. 독일어로 악몽 혹은 악령은 알프(Alp)이다. 인류학자들은 이 단어가 엘프에서 왔다고 생각한다. 중세에는 엘프가 자는 사람의 가슴을 짓누르면 자는 사람이 지독한 악몽을 꾸게 된다고 믿었기 때문이다.

엘로이와 몰로크

　웰스라는 청년이 1895년에 발표한 『타임머신』이라는 소설에는 인공으로 만든 기구를 타고 머나먼 미래로 여행을 떠나는 영웅적인 주인공이 등장한다. 미래에 간 주인공은 인간이 두 종족으로 나뉜 것을 알게 된다. 한 종족은 섬세하고 귀족적이며 선량한 엘로이로, 이들은 평온한 정원에서 과일만 먹고 살았다. 다른 종족은 몰로크로, 이들은 땅속에 사는 프롤레타리아였다. 이들은 어둠 속에서만 일을 했기 때문에 장님이 되어 버렸다. 그들은 통로를 왔다 갔다 하며 아무것도 만들 수 없는 녹슨 기계를 의미 없이 계속 작동시켰다. 그런데 우물 속의 나선형 계단이 두 세계를 연결시켰고 달이 없는 저녁이 되면 몰로크는 지하 감옥에서 올라와 엘로이들을 잡아먹었다.

　주인공인 청년 영웅은 가까스로 지구로 도망칠 수 있었다. 유일한 전리품이었던 알록달록한 꽃은 먼지가 되었다. 그 꽃은 아마 수천수만 년이 흐른 뒤에 다시 피어날 것이다.

허버트 조지 웰스: 19~20세기에 활동한 영국의 문명 비평가, 작가. 주요 저서로『세계 문화사 대계』,『타임머신』,『우주 전쟁』이 있다.

스킬라

괴물로 변해 소용돌이가 되기 전만 해도 스킬라는 바다의 신 글라우코스가 사랑한 요정이었다. 그녀를 얻기 위해 글라우코스는 식물에 대한 해박한 지식과 마술로 유명한 마녀 키르케를 찾아가 도움을 청했다. 키르케는 글라우코스를 보고 한눈에 반했지만 글라우코스는 스킬라를 잊지 못했다. 그러자 키르케는 스킬라가 자주 목욕하던 샘물에 독을 풀었다. 독물에 닿자마자 스킬라는 몸 아랫부분이 개로 변해서 짖어 대기 시작했다. 그리고 다리가 열두 개에 머리가 여섯 개인, 그리고 각각의 머리에 이빨이 세 줄로 난 괴물로 변해 버렸다. 이러한 자신의 모습에 공포를 느낀 스킬라는 이탈리아와 시칠리아를 가르는 해협에 몸을 던졌다. 그러자 신들이 그녀를 바위로 만들었다. 그때부터 선원들은 태풍이 치는 날이면 파도가 바위에 부딪쳐 울부짖는 소리를 들었다. 이 이야기는 호메로스와 오비디우스, 그리고 파우사니아스의 책에 소개된다.

파우사니아스: 2세기 무렵의 그리스 역사가, 여행가. 그리스, 로마, 이탈리아, 팔레스타인, 이집트 등을 여행한 뒤 각지의 역사, 종교, 사적을 정확하게 서술한 『그리스 안내기』를 저술했다.

스핑크스

    이집트의 유적인 스핑크스(헤로도토스는 그리스의 스핑크스와 구별하기 위해서 안드로스핑크스라고 불렀다.)는 인간의 머리에 사자의 몸통으로 엎드린 자세를 하고 있다. 이것은 임금의 권위를 상징하고 왕릉과 사원을 수호하는 짐승으로 추정된다. 카르나크 신전에 있는 또 다른 스핑크스들은 아멘의 신성한 동물인 양의 머리를 하고 있다. 아시리아에서 만든 스핑크스는 털이 많을 뿐만 아니라 왕관을 쓰고 있다. 이러한 생김새의 동물은 페르시아의 보물에도 많이 나타난다. 플리니우스는 에티오피아에 사는 동물들의 목록에 스핑크스를 추가했는데, "털이 갈색이고 두 개의 젖가슴이 있는 것"을 제외하면 별다른 특징이 없다.

    그리스에서 만든 스핑크스는 머리와 가슴은 여자를 닮고, 새의 날개에, 몸통과 발은 사자를 닮은 동물이다. 어떤 사람들은 몸통은 개를, 꼬리는 뱀을 닮은 스핑크스를 상상하기도 했다. 스핑크스는 인간에게 묘한 수수께끼를 내서 테베를 공포에 몰아넣었다. 즉, 수수께끼를 풀지 못하는 인간들을 잡아먹었던 것이다.(이를 통해 스핑크스가 인간의 목소리를 냈다는 것을 짐작할 수 있다.)

스핑크스는 이오카스테의 아들인 오이디푸스에게 이런 질문을 던졌다. "네 개의 다리와, 두 개의 다리, 그리고 세 개의 다리를 가진 것은 무엇이냐?"* 오이디푸스는 인간이라고 대답했다. 젖먹이는 네 발로 기어 다니고 좀 더 자라면 두 발로 걸어 다니며 나이를 먹으면 지팡이를 짚고 다니기 때문에 바로 인간이 답이라는 것이다. 그가 수수께끼를 풀자 스핑크스는 높은 산에서 뛰어내렸다.

1849년경 드 퀸시는 이 이야기를 다른 식으로 해석했다. 수수께끼의 답은 일반적인 인간이 아니라, 어렸을 때는 의지할 데 없는 천애 고아였고 성인이 되어서는 언제나 외롭게 지낼 수밖에 없었고 말년에는 장님이 되어 안티고네를 의지해야 했던 오이디푸스 자신이라는 것이다.

카르나크 신전: 테베에 있는 고대 이집트 최대의 신전.
아멘: 고대 이집트의 주신(主神) 중 하나. 동물 신으로는 숫양이며, 상징적으로는 관(冠) 위에 한 쌍의 날개를 얹고 턱수염이 긴 인간의 모습으로 표현된다.

* 아마 이것이 가장 오래된 판본에 나오는 질문 내용일 것이다. 그러나 시간이 지남에 따라서 사람들은 인간의 삶을 단 하루로 표현한 은유를 사용하기 시작했다. 덕분에 오늘날은 스핑크스가 이런 식으로 질문을 던졌다고 알려져 있다. "아침에는 네 발로 걷고 점심때는 두 발로, 그리고 저녁이 되면 세 발로 걷는 동물은 무엇이냐?"

토머스 드 퀸시: 18~19세기 영국의 비평가, 수필가. 윌리엄 워즈워스 등 낭만파 시인과 교유했으며 『아편 사용자의 고백』이라는 작품을 남겼다.

파스티토칼론

중세 사람들은 성령이 두 종류의 책을 남겼다고 믿었다. 하나는 성서라는 책이고, 또 하나는 우주라는 책이다. 즉 우주의 피조물 안에 불멸의 가르침이 담겨 있다고 믿은 것이다. 사람들은 이 두 번째 책의 교훈을 설명하기 위해서 『생리학 혹은 동물학』이라는 책을 편집했다. 앵글로색슨족의 한 동물 우화집에는 다음과 같은 내용이 소개된다.

나는 힘이 센 고래에 대해 노래하려 한다. 이것은 어떤 선원에게든 위험한 동물이다. 대양의 큰 물결을 헤치고 돌아다니는 이 괴물에게는 파스티토칼론이라는 이름이 붙어 있다. 이 괴물은 주름투성이 바위에 모래가 덮인 것 같은 모양을 하고 있다. 선원들은 그것을 섬으로 착각하여 땅이 아닌 땅에 뱃머리를 대고 배를 묶은 다음 배에서 내렸다. 위험이 닥칠지도 모른다는 불안감 같은 건 전혀 느끼지 않았다. 그들은 텐트를 치고 불을 피웠다. 그러고는 곯아떨어졌다. 그러자 바다의 폭군이 바닷속 깊은 곳으로 잠수해 버렸다. 배와 뱃사람들은 죽음의 소금물 속에서 질식사했다. 파스티토칼론은 입으로 달콤한 향내를 풍긴다. 이 향내로 바닷속에 사는 다른 물고기들을 유인하여 삼킨 후 소화시키는 것이다. 이런 식으로 이 악마는 우리를 지옥으로 끌고 간다.

비슷한 우화를 『아라비안나이트』와 성 브렌던의 전설, 그리고 노르웨이의 바다 거품 위에서 잠자는 고래에 대한 이야기가 나오는 밀턴의 『실낙원』에서 접할 수 있다.

중국의 동물들

강량(彊良)은 호랑이의 머리에 인간의 얼굴을 한 동물로서 네 개의 발굽과 길쭉한 사지, 그리고 이빨 사이에 뱀이 있는 것이 특징이다.

적수(赤水) 서쪽에는 출척(跳踢)이라고 부르는 짐승이 사는데 머리가 양쪽에 달려 있다.

흰두국(讙頭國)에 사는 짐승은 머리는 인간을 닮았지만 박쥐의 날개와 새의 부리를 지녔다. 이들은 날생선만 먹고 산다.

효(鴞)는 부엉이처럼 생겼다. 그러나 인간의 얼굴에 몸통은 원숭이, 그리고 꼬리는 개와 모양이 같다. 이것이 나타나는 것은 심한 가뭄이 들 징조이다.

성성이는 원숭이처럼 생겼다. 얼굴은 흰색이고 귀가 뾰족하다. 인간처럼 두 발로 서서 다니며 나무를 잘 탄다.

형천(刑天)은 머리가 없는 연체동물이다. 이들은 신들과 싸워서 목이 잘려 나갔다. 따라서 영원히 목 없이 지내야 한다. 눈은 가슴에 달려 있으며 항문이 입의 역할을 한다. 이들은 방패와 도끼를 휘두르며 들판을 돌아다닌다.

활어(鰩魚)는 물고기 혹은 날아다니는 뱀-물고기(蛇魚)이다. 물고기와 똑같이 생겼지만 새처럼 날개가 있다. 이것이 출현하는 것은 가뭄이 들 징조이다.

산에 사는 휘(猚)는 개처럼 생겼는데 인간의 얼굴을 하고 있다. 매우 날렵한 동물로 화살처럼 빨리 달린다. 따라서 이것이 출현하는 것은 태풍이 닥칠 징조이다. 이것은 인간을 보면 마치 조롱이라도 하듯 웃는다.

장비국(長臂國)에 사는 사람들은 팔이 땅바닥에 닿을 정도로 길다. 이들은 바닷가에서 물고기를 잡아먹고 산다.

해인(海人)은 머리와 팔은 사람과 비슷하지만 몸통과 꼬리는 물고기와 비슷하다. 가끔 수면에 모습을 드러낸다.

노래하는 뱀(鳴蛇)은 머리는 뱀을 닮았지만 날개가 네 개나 된다. 이것은 마치 노래하는 돌과 비슷한 소리를 낸다.

병봉(幷封)은 신비한 물의 나라에 산다. 검은 돼지를 닮았으나 앞뒤 양쪽에 머리가 달려 있다.

천마(天馬)는 머리만 검은, 하얀색 개와 비슷하다. 살로 된 날개가 있어서 날아다닐 수 있다.

기굉국(奇肱國)에 사는 사람들은 팔이 하나이고 눈이 세 개다. 이들은 상당히 빠른 속도로 날아다니는 마차를 만들 수 있다. 이들은 마차로 바람을 타고 여행한다.

제강(帝江)은 초자연적인 새인데, 하늘나라의 산에 산다. 붉은빛을 띠며 다리는 여러 개이고 날개는 네 개다. 그러나 얼굴이 없기 때문에 당연히 눈도 없다.

『태평광기(太平廣記)』

『**태평광기**』: 중국 송나라의 이방(李昉) 등이 칙명에 따라서 편집한 소설집. 한(漢)나라 시대부터 오대(五代)에 이르기까지의 소설과 설화를 모아서 분류하고 출전을 밝혔다. 여기에 인용된 책은 모두 500여 권에 달한다.

미국의 동물들

위스콘신과 미네소타 주에 사는 나무꾼들의 캠프에는 독특한 동물들이 포함된 재미있는 신화가 전해진다. 물론 이러한 동물들의 존재를 믿는 사람은 아무도 없을 것이다.

하이드비하인드는 언제나 사물의 뒤쪽에 숨어 있다. 인간이 아무리 빨리 돌아서도 언제나 그 뒤쪽에 서 있다. 수많은 나무꾼들을 삼켰지만 이 동물을 본 사람은 아무도 없다.

로프라이트는 조랑말 크기의 동물로 부리가 노끈처럼 생겼다. 이 부리로 토끼들을 사냥한다.

자신이 내는 소리 때문에 티케틀러라는 이름이 붙은 동물이 있다. 이 동물은 주둥이로 입김을 내뿜으며 찻물 끓는 것과 비슷한 소리를 낸다. 또 뒤로 걷는데 모습을 드러내는 일이 매우 드물다.

액스핸들 하운드는 머리가 도끼처럼 생겼다. 몸통은 도끼 자루처럼 생겼으며 다리는 땅딸막하다. 도끼 자루만 먹고 산다.

이 지역에 사는 물고기 중에는 고지대 송어가 있다. 이 물고기는 나무에 둥지를 틀며 잘 날아다닐 뿐만 아니라 물을 무서워한다.

구팡이라는 물고기도 있다. 이것은 눈에 물이 들어가지 않도록 뒤로 헤엄쳐 다닌다. "크기는 개복치 정도인데, 개복치보다 조금 더 크다."

구푸스라는 새를 잊어서는 안 된다. 이 새는 둥지를 뒤집어서 만들 뿐만 아니라 뒤로 날아간다. 이 새에게 중요한 것은 어디로 날아가느냐가 아니라, 지금 어디에 있느냐다.

길리갈루는 유명한 폴 바이양의 피라미드 급경사면에 둥지를 만든다. 알이 굴러떨어져서 없어지는 사태를 방지하기 위해 네모반듯한 알을 낳는다. 나무꾼들은 이 알을 구워 먹거나 주사위로 사용한다.

피나클 그로스는 날개가 하나뿐이다. 따라서 한쪽 방향으로만 난다. 이 새는 원추형 산을 영원히 선회한다. 깃털 색은 여러 가지인데 계절과 관찰자의 상황에 따라 다르게 보인다.

폴 바이양: 아메리카 북서부의 나무꾼들 사이에서 전해지는 전설 속의 거인. 곡괭이를 질질 끌고 콜로라도의 대협곡을 만들었다는 둥 여러 가지 과장된 이야기의 주인공이다.

중국의 불사조 봉황

중국의 경전은 우리의 기대를 벗어날 때가 많다. 성서는 우리에게 감동적인 이야기를 빠짐없이 전해 주는 데 반해, 중국의 경전은 이런 이야기를 종종 생략해 버리는 것이다. 그러나 어떤 구절은 인간적 친밀감으로 우리를 감동시키기도 한다. 예를 들자면 공자(孔子)의 『논어』「술이(述而)편」에는 이런 구절이 있다.

공자께서 말씀하셨다. 심하도다. 나의 쇠함이여! 오래되었다. 내 다시는 꿈속에서 주공(周公)을 뵙지 못하였다.

그리고 같은 책 「자한(子罕)편」에는 이런 이야기가 나온다.

공자께서 말씀하셨다. 봉황은 이제 날아오지 않는다. 그리고 황하에서 하도(河圖)가 나오지 않으니 내 이제 그만이다.

주석가들의 설명에 따르면 하도는 신비한 거북의 등에 생기는 문양을 말하며, 봉황은 화려한 광채를 가진 새로서 꿩과 공작을 닮은 새를 말한다고 한다. 선사 시대에는 덕망이 높은 천자에게 하늘이 호의를 보이는 징표로 봉황을 궁전에 보내어 정원을 노닐게 했다고 한다. 수컷[鳳]은 발이 세 개인데 태양에 산다고 한다.

1세기경의 대담한 무신론자 왕충(王充)은 봉황의 존재를 부정했다. 그리고 뱀이 물고기로, 쥐가 거북으로 변하는 것과 마찬가지로, 번영을 구가한 시기에는 사슴이 일각수의 모습을, 거위가 봉황의 모습을 취했다고 말했다. 기원전 2356년 가장 어진 임금으로 칭송받았던, 그리고 진홍색 풀을 길렀다는 요임금의 정원에 있던 "유명한 물" 덕분에 이러한 변신이 가능했다는 것이다. 우리가 보듯이 이러한 정보는 불완전할 뿐만 아니라 어찌 보면 지나친 감이 없지 않다.

지옥에는 "봉황의 탑"이라는 상상의 건물이 있다고 한다.

왕충: 후한(後漢)의 사상가. 실증적인 사고방식을 바탕으로 철저한 비판주의적 입장에서 신비적 사상은 물론 유학도 비판했다. 본문에 언급된 "유명한 물"은 그의 저서 『논형(論衡)』에 "예천(醴泉)"이라고 쓰여 있는 것을 말하는 듯하다.

하늘 닭

중국인들의 말에 따르면 하늘 닭은 황금 깃털을 가진 새로서 하루에 세 번씩 노래한다고 한다. 바닷가에서 태양이 아침 목욕을 할 때 첫 번째 노래를 하고, 태양이 가장 높이 떠올랐을 때 두 번째 노래를 하며, 태양이 지평선 아래로 숨어들 때 마지막 노래를 한다고 한다. 첫 번째 노래는 하늘을 뒤흔들고 인간을 깨운다. 하늘 닭은 우주의 남성 원리인 양(陽)의 시조이다. 그것은 높이가 수백 킬로미터도 넘고 오로라가 생기는 곳에서만 자라는 뽕나무에 둥지를 틀며, 다리가 세 개나 된다. 하늘 닭은 목소리가 매우 우렁차다. 그리고 행동은 정중하다. 하늘 닭은 알을 낳는데 그 알에서는 붉은 볏을 가진 병아리가 태어난다. 병아리는 매일 아침 하늘 닭의 노래에 맞추어 화답한다. 지상에 사는 모든 닭은 하늘 닭에서 나왔다. 하늘 닭의 다른 이름은 '여명의 새'다.

가루다

브라만 사원을 주재하는 삼위일체의 신 중 두 번째 신 비슈누는 바다를 가득 채운 뱀이나 가루다라는 새를 타고 다닌다. 비슈누는 곤봉과 조개, 그리고 구슬과 연꽃을 들고 있는 네 개의 팔과 푸른빛으로 상징된다. 가루다에게는 날개가 있으며, 얼굴과 발은 독수리와 비슷하고, 몸통과 다리는 인간과 비슷하다. 청동이나 돌에 새겨진 가루다의 조각은 사원에 세워진 돌 비석의 맨 꼭대기를 장식한다. 괄리오르에는 그리스인이 만든 조각이 하나 남아 있는데, 이것은 비슈누를 숭배했던 헬리오도로스가 기원전 1세기에 세운 것이다.

『가루다-푸라나』(이것은 '푸라나'의 열일곱 번째 이야기 혹은 전설이다.)에서는 똑똑한 새가 인간에게 우주의 기원과 태양 격인 비슈누의 성질과 비슈누를 찬미하기 위한 의식, 태양과 달에서 비롯된 사물들의 계통, 『라미야나』에 대한 이야기, 그리고 문법과 시, 의학 등에 대한 정보를 제공하고 있다.

7세기에 한 임금이 쓴 『나가난다(뱀들의 환희)』라는 희곡에 따르면 가루다는 매일 뱀 한 마리씩을 잡아먹었다고 한다. 그러다 부처의 가르침을 믿는 어느 왕자에게서 금욕의 덕을 배우게 되었다. 마지막 장에서 참회를 한 가루다는 자기가 그동안 삼킨 여러 세대 뱀들의 뼈를 다시 뱉어 살아나게 했다. 에겔링은 이 작품이 불교의 브라만적 성격을 풍자한 문학 작품이 아닐까 의심했다.

생존 연대가 확실치 않은 신비주의자 님바르카는 자신의 왕관과 귀고리, 그리고 피리와 마찬가지로, 가루다도 영원히 구원받은 영혼이라고 썼다.

비슈누: 힌두교에서 세계의 질서를 유지하는 신.

괄리오르: 밀, 보리가 많은 나는 인도의 옛 도시.

헬리오도로스: 시리아의 왕 셀레우코스 4세(재위: 기원전 187~기원전 175)의 고관(高官). 그가 신전의 재물과 보물을 빼낸 것은 사실이 아님에도 라파엘로 벽화의 소재가 되었다.

체셔 고양이와 킬케니 고양이

영어에는 "체셔 고양이처럼 냉소적으로 웃다.(grin like a Cheschire cat.)"라는 표현이 있다. 이 구절은 여러 가지 의미로 설명된다. 그중 하나는 체셔 지방에서 고양이의 웃는 모습을 본떠서 만든 치즈를 팔았다는 설명이고, 또 하나는 체셔 지방이 팔라틴 백작령이었는데, 그 고귀한 귀족의 표지가 고양이들의 웃음을 자아냈다는 설명이다. 리처드 3세 시대에 숲을 지키는 캐털링이라는 사람이 도망치는 사냥꾼들과 싸우며 날카로운 웃음소리를 내곤 했다는 설명도 있다.

1865년에 출판된 상상 문학 작품인 『이상한 나라의 앨리스』에서 루이스 캐럴은 체셔 고양이에게 조금씩 투명하게 변할 수 있는 능력을 부여했다. 마지막에 이 고양이는 이빨도 입도 보이지 않게 되지만 웃음만은 눈에 띄었다고 한다. 킬케니 고양이들은 서로 심하게 싸워서 꼬리만 남을 때까지 상대방을 물어뜯는다고 한다. 이것은 18세기의 이야기이다.

체셔: 영국 잉글랜드 지방에 있는 주(州)의 이름. 주도(州都)는 체스터이다.

킬케니: 아일랜드 남동부에 있는 주의 이름.

팔라틴 백작령: 왕권의 일부를 영지 내에서 행사하도록 허락받은 영주를 팔라틴 백작이라고 한다. 팔라틴 백작령은 팔라틴 백작이 다스리는 영지를 말한다.

킬케니 고양이: 어떤 사전에 이런 에피소드가 전해진다. "1798년 아일랜드 폭동 기간 중에 킬케니에는 헤센군 한 무리가 주둔했다. 그들은 고양이 두 마리의 꼬리를 묶고 빨랫줄로 경계를 지은 곳에 풀어 놓고는 서로 싸우는 것을 보면서 즐거워했다. 이 '스포츠'를 그만두게 하려고 한 장교가 다가갔을 때, 기병 한 사람이 칼로 두 마리의 꼬리를 잘라 버리자 고양이들이 도망쳤다. 장교가 피가 흐르는 두 개의 꼬리에 대해서 설명해 보라고 하자, 기병은 고양이 두 마리가 꼬리만 남을 때까지 서로를 탐욕스럽게 먹어 버렸다고 대답했다."

놈

이것은 놈(gnome)이라는 이름이 붙여지기 훨씬 전부터 존재했다. 그리스어에서 나온 이름인데도 고대 학자들은 이 이름을 알지 못했다. 왜냐하면 16세기에 와서야 붙여진 이름이기 때문이다. 어원학자들은 스위스 출신의 연금술사 파라셀수스가 이름을 붙였다고 믿는다. 그의 책에 이 이름이 처음으로 등장하기 때문이다.

이들은 대지와 산의 주인이다. 상상 세계에서는 일반적으로 털이 많고 우락부락할 뿐만 아니라 기이하게 생긴 난쟁이로 그려진다. 그들은 딱 달라붙는 황갈색 옷을 입고 다니며 수도사들의 두건을 두르기도 한다. 그리스와 동양의 전설에 나오는 그리핀이나 게르만족의 용처럼 감추어진 보물을 지키는 일을 맡고 있다.

'그노시스(gnosis)'라는 단어는 그리스어로 '앎'이라는 뜻이다. 우리는 파라셀수스가 이 단어에서 놈이라는 단어를 만들었을 것으로 추정한다. 왜냐하면 놈은 인간에 대해 잘 알 뿐

만 아니라 인간에게 금속이 매장된 지점을 정확하게 가르쳐
줄 수 있기 때문이다.

골렘

히브리의 신비주의자들은 무한한 지혜의 영감을 받은 책에는 거기에 나오는 단어들의 수나 글씨의 배열조차도 우연의 산물일 리 없다고 생각했다. 하느님의 약속의 궤를 살펴보고 싶은 열망에서 이들은 신성한 기록(성서)에 나오는 문자들을 헤아려 보았으며, 새로운 조합도 만들어 보고 다른 문자로 대체해 보기도 했다. 13세기에 단테는 성서의 각 절은 각각 4중의 의미를 지닌다고 밝혔다. 즉 문자적인 의미와 우화적인 의미, 그리고 도덕적인 의미와 정신적인 의미가 담겨 있다는 것이다. 신성이라는 개념에 대해서 깊이 성찰했던 스코투스 에리우게나는 성서의 의미는 공작의 꼬리 빛깔만큼이나 무궁무진하다고 이야기했다.

히브리 신비주의자들도 이러한 판단을 받아들였어야 했으나, 사실은 그렇지 못했다. 그들이 성서에서 찾고 있던 것은 유기체의 창조와 관련된 비밀이었다. 악마는 낙타처럼 크고 투박한 것은 만들 수 있지만 작고 섬세한 것은 만들 수 없다고 생각했던 것이다. 그리고 랍비인 엘리에제르는 악마는 보리 낱알보다 작은 것은 만들 수 없다고 생각했다. '골렘'은 문자의 조합에 의해 만들어진 인간의 이름이다. 이 단어의 문자적인 의미는 '무정형의 물질' 혹은 '생명이 없는 물질'이라는 뜻이다.

『탈무드』("산헤드린," 65b)에는 이런 이야기가 나온다.

> 만일 올바른 사람이 어떤 세상을 만들고 싶다면, 그렇게 할 수 있을 것이다. 라바는 하느님의 형언할 수 없는 이름을 나타내는 문자를 조합하여 인간을 만들었다. 그리고 그 인간을 랍비 제라에게 보냈다. 랍비 제라는 그에게 말을 건넸다. 그런데 인간이 아무 대답도 하지 않자 이렇게 말했다. "너는 마술에 의해 만들어진 피조물이다. 그러니 다시 먼지로 돌아가라."
>
> 랍비 하니나와 랍비 오샤이아는 금요일마다 '창조'의 법칙을 공부하여 세 살배기 송아지를 만들었고, 그 송아지를 저녁 식사용으로 사용했다.*

골렘이 서양에서 명성을 얻을 수 있었던 것은 오스트리아의 작가 구스타프 마이링크 덕분이었다. 그는 환상 소설 『골렘』 5장에서 이렇게 이야기했다.

---

* 쇼펜하우어는 이런 이야기를 하고 있다. "『마술 도서관』 1권 325쪽에서 호르스트는 영국의 몽상가인 제인 리드의 이야기를 이런 식으로 요약했다. '마술의 힘을 가진 사람은 광물 세계와 식물 세계 그리고 동물 세계를 자의적으로 지배하며, 새롭게 만들 수 있다. 따라서 몇 명의 마술가가 의견을 모을 수만 있다면, 모든 창조물을 낙원의 상태로 되돌릴 수 있을 것이다.'"(『자연계에서의 의지에 대하여』 7장.)

이 이야기의 기원은 17세기로 거슬러 올라간다. 지금은 없어진 히브리 신비주의자들의 공식을 참조하여 랍비*는 소위 골렘이라는 인조인간을 만들었다. 인조인간은 회당에서 종을 치는 일과 힘든 일을 도맡아 처리했다. 그러나 그는 다른 인간과 똑같은 인간이 아니었다. 랍비가 골렘에게 성장할 수 있는 생명의 입김은 불어넣어 주지 않았던 것이다. 따라서 그의 생명은 저녁까지만 지속되었다. 골렘은 신비한 부적의 영향을 받았다. 이 부적은 그의 혀 아래에 있었으며, 그것은 우주 행성의 자유로운 힘을 끌어올 수 있었다. 어느 날 오후 저녁 기도를 올리기 전에 랍비는 골렘의 입에서 부적을 꺼내야 한다는 사실을 잊어버렸다. 그러자 골렘은 발광하여 어둠침침한 거리를 내달렸다. 그는 자기 앞에 나타나는 사람을 모두 갈가리 찢어 놓았다. 랍비는 가까스로 골렘을 붙잡아서 생명을 불어넣는 부적을 찢어 버렸다. 그러자 골렘은 사라지고 보잘것없는 진흙 인형만 남았다. 오늘날에도 사람들은 프라하의 유대 회당에서 골렘의 인형을 볼 수 있다.

보름스의 엘레아자르는 골렘을 만드는 데 필요한 공식을 보관하고 있었다. 세세한 절차가 2절판의 스물세 칸에 망라되어 있는데, 이것을 이해하려면 골렘의 각 기관을 만들 때마다 복창해야 하는 "221개 문(門)의 알파벳"에 대한 지식이 필요하다. 골렘의 이마에는 '진리'를 의미하는 Emet라는 글자를 새겨져 있다. 이 피조물을 파괴하려면 첫 글자만 지우면 된다. 그러면 met라는 글자만 남는데 이는 바로 죽음을 의미한다.

---

* 유다 로웨 벤 베자벨을 말한다.

스코투스 에리우게나: 아일랜드 태생의 스콜라 철학자. 프랑크 왕국의 궁정 학교에서 신학과 철학을 강의했다. 그는 기독교의 창조설을 신플라톤학파의 유출설(流出說)로 해석했으며, 신은 만물의 본질이고 만물은 신에서 나와 신으로 돌아간다고 주장했다. 또한 인간을 소우주로 보았다. 당시에 교회 당국자는 그의 저서를 불태워 버리도록 명령했다.

구스타프 마이링크: 19~20세기 오스트리아의 작가. 신비적인 심령 현상을 현실의 세계에 조형시킨 특이한 작가이다.

그리핀

헤로도토스는 '날개 달린 괴물'인 그리핀에 대해서도 이야기했다. 그는 그리핀들이 아리마스포이 사람들과 계속 전쟁을 하고 있다고 했다. 플리니우스는 더 애매한 이야기를 늘어놓았다. 즉 기다란 귀와 우스꽝스러운 새의 구부러진 부리에 대해서만 말한 것이다.(10권 7장.) 이보다 자세히 알고 싶으면 존 맨더빌 경의 묘사를 살펴보아야 할 것이다. 그의 유명한 『동방 여행기』 85장에 이런 이야기가 나온다.

사람들은 이 땅(터키)에서 박트리아의 땅으로 갈 것이다. 그곳에는 사악하고 교활한 사람들이 살고 있다. 또한 진짜 양처럼 양털이 열리는 나무도 있는데 이 털을 가지고 진짜 천을 짤 수도 있다.

그리고 이포테인(하마)이 있는데 이것은 때로는 지상에서, 때로는 물속에서 시간을 보낸다. 반은 인간, 반은 말의 모습을 하고 있는데 인간이 다가가면 인간을 잡아먹는다.

이곳에는 세상 그 어느 곳보다 그리핀이 많이 산다. 앞쪽은 독수리를 닮고 뒤쪽은 사자를 닮았다고 말하는 사람도 있는데, 사실이 그렇다. 그들은 그렇게 창조되었다. 그러나 그리핀은 사자를 여덟 마리 합쳐 놓은 것보다 크고 독수리를 100마리 합쳐 놓은 것보다 힘이 세다. 그것은 기수가 탄 말이나, 멍에를 쓰고 쟁기질하러 나온 소 두 마리 정도는 가볍게 채서 둥지로 날아간다. 황소의 뿔만 한 발톱이 달려 있는데 그 지역 사람들은 이 발톱으로 물 마시는 컵을 만들고 늑골로 활을 만든다.

유명한 여행가인 마르코 폴로는 마다가스카르에서 로크에 대한 이야기를 들었다. 그는 처음에 이것이 우첼로 그리포, 다시 말해 그리핀이라는 새에 대한 이야기라고 착각했다.(『동방견문록』 3장 36절.)

중세에 그려진 그리핀의 모습에는 모순되는 부분이 있다. 이탈리아의 동물 이야기 책에는 그리핀이 악마를 의미한다고 적혀 있다. 그러나 일반적으로 그리핀은 예수를 상징한다. 세비야의 성 이시도로스가 『어원학』에서 이렇게 말한 것도 그 때문이다. "예수는 사자이시다. 왜냐하면 강한 힘을 가지고 있기 때문이다. 또한 독수리이시다. 왜냐하면 부활해서 하늘에 오르셨기 때문이다."

「연옥편」 제29곡에서 단테는 그리핀이 끄는 승리의 마차를 꿈꾸었다. 독수리 부분은 황금색이고 사자 부분은 진홍색이 섞인 백색이었다. 주석가들에 따르면 이것은 예수의 인간적인 성격을 드러낸다고 한다.[*] 즉 붉은빛을 띤 백색은 인간의 육신을 가리키는 색인 것이다.

단테가 사제이자 임금인 교황을 상징하려 했다는 의견도

있다. 즉 디드론은 『그리스도의 초상화』에서 이렇게 말했다. "교황은 (지존 혹은 독수리처럼) 신의 권좌 가까이에 올라가서 하느님으로부터 직접 명령을 받는다. 그리고 사자나 임금처럼 힘과 용기를 가지고 땅 위를 걸어 다닌다."

존 맨더빌 경: 프랑스어로 된 『동방 여행기』의 저자라고 알려진 영국의 여행가. 그가 실존 인물인지에 대해서는 의문이 있다. 플랑드르의 의사인 장 드 부르고뉴와 동일 인물인 것 같기도 하다. 『동방 여행기』는 인도, 팔레스타인 등을 포함한 동방 여러 지역의 기이한 관습과 풍습에 대해서, 풍부한 견문과 당시에 이미 유포되어 있던 박물서나 지리서를 총망라하여 정리하고 서술한 책이다. 영어, 독일어 등으로 번역되었다.

* 이것은 「아가(雅歌)」에 나오는 연인에 대한 묘사를 연상시킨다.(5장 10~11절.) "나의 임은 말쑥한 몸매에 혈색이 좋아…… 머리는 금 중에서도 순금이요."

요정

요정(에스파냐어로 hadas, 영어로 fairy)은 숙명을 의미하는 라틴어 파툼(fatum)과 연결된다. 요정은 신비롭게 인간사에 개입하며, 크기가 작은 초자연적인 존재 중 가장 수가 많다. 또 아름답고 잊히지 않는 이름으로서 특정 지역, 특정 시대에만 나타나는 것이 아니라 여러 지역에서 모습을 드러낸다. 고대 그리스인과 에스키모족, 붉은 피부를 가진 사람들 사이에서는 이 환상적인 피조물의 사랑을 얻은 영웅 이야기가 입에서 입으로 전해진다. 이러한 모험에는 언제나 위험이 뒤따른다. 사랑에 빠진 요정이 애인을 죽음에 빠뜨리기도 하는 것이다.

아일랜드와 스코틀랜드 사람들은 요정들이 땅속에 살면서 유괴해 온 소년들과 남자들을 지하에 가두어 둔다고 생각했다. 또 들녘에서 파낸 돌로 만들어진, 특별한 효과가 있는 뾰족한 화살을 가지고 다닌다고도 믿었다.

요정들은 초록색과 노래와 음악을 좋아한다. 17세기 말애버포일 출신의 스코틀랜드 사제 레버런드 커크는 『엘프, 요정, 동물들의 공화국』이란 책을 발표했다. 1815년 월터 스콧 경이 이 책을 다시 인쇄했다. 요정들은 자신들의 비밀을 폭로한 죄로 커크를 파멸시켰다고 한다. 이탈리아 주변 해역에는 파타 모르가나라는 요정이 사는데, 이 요정은 선원들을 혼란에 빠뜨리려고 신기루를 만들어 낸다고 한다.

하니엘, 카프지에르, 아즈리엘, 아니엘

이스라엘의 에제키엘은 바빌로니아에서 네 동물 혹은 천사들을 보았다고 말했다. 그들에겐 "넷이 다 얼굴과 날개가 따로따로 있었다." 그리고 "그 얼굴 생김새로 말하자면, 넷 다 사람 얼굴인데 오른쪽에는 사자의 얼굴이 있었고, 왼쪽에는 소 얼굴이 있었다. 또 넷 다 독수리 얼굴도 하고 있었다." 그들은 성령이 데려가는 곳을 향해서 묵묵히 걸었으며, 각각은 "곧장 앞으로 움직이게 되어 있었다." 결국 네 개의 얼굴은 네 개의 방향을 향해서 커졌다. "무서울 정도로 커다란" 네 개의 바퀴는 천사들의 뒤를 따라가고 있었는데, 바퀴 둘레에는 눈이 하나 가득 박혀 있었다.

에제키엘의 이러한 이야기는 성 요한에게 영감을 준 듯하다. 「요한의 묵시록」 4장에는 다음과 같은 이야기가 나온다.

옥좌 앞은 유리 바다 같았고 수정처럼 맑았습니다. 그리고 옥좌 한가운데와 그 둘레에는 앞뒤에 눈이 가득 박힌 생물이

네 마리 도사리고 앉아 있었습니다.

첫째 생물은 사자와 같았고, 둘째 생물은 송아지와 같았으며, 셋째 생물은 얼굴이 사람의 얼굴과 같았고, 넷째 생물은 날아다니는 독수리와 같았습니다.

그 네 생물은 각각 날개를 여섯 개씩 가졌고, 그 몸에는 앞뒤에 눈이 가득 박혀 있었습니다. 그리고 그들은 밤낮 쉬지 않고 "거룩하시다. 거룩하시다. 거룩하시다. 전능하신 주 하느님, 전에 계셨고 지금도 계시고 장차 오실 분이시로다." 하고 외치고 있었습니다.

『조하르(광채의 책)』에는 이 네 동물의 이름을 밝혀져 있다. 하니엘, 카프지에르, 아즈리엘, 그리고 아니엘이 이들의 이름이다. 이것은 각각 동서남북을 바라보고 있다.

스티븐슨은 천국에 그런 짐승이 있다면 지옥에는 왜 그런 짐승이 없겠느냐고 되물었다. 체스터턴은 「요한의 묵시록」의 풍경 묘사에서 "눈으로 만들어진 괴물"이라는 저 유명한 밤의 메타포를 만들어 냈다.

「에제키엘」에 나오는 사중 천사는 하요트 또는 살아 있는 존재로 불린다. 유대교 신비주의인 카발라의 고전 중 하나인 『세페르 예치라』에 의하면 그들은 열 개의 숫자라고 한다. 신은 우주를 창조할 때 알파벳 스물두 자와 함께 이 열 개의 숫자도 사용했다. 『조하르』에 의하면 그것들은 문자를 머리에 두르고 하늘에서 내려왔다.

복음서를 쓴 네 명의 사도가, 마태는 때때로 수염이 난 인간의 모습으로, 마가는 사자의 모습으로, 누가는 송아지의 모습으로, 요한은 독수리의 모습으로 나타나는 것은 하요트의 네 얼굴로부터 그 상징을 끌어낸 것이라고 한다. 성 제롬은 「에제키엘」 주해본에서 이러한 성격을 규명하고자 했다. "마태는 예수의 인간적인 면을 부각시켰기 때문에 그에게는 천사(인간)의 성격이 부여되었고, 마가는 예수의 진정한 신성을 밝히려 했기 때문에 그에게는 사자의 성격이 부여되었고, 사제의 성격이 두드러진 누가에게는 희생의 상징인 소의 성격이 부여되었으며, 예수의 비상하는 영혼 때문에 성 요한에게는 독수리의 성격이 부여되었다."

독일의 학자 리하르트 헤닝 박사는 이러한 상징의 기원을 황도대에 자리 잡은, 90도 정도씩 떨어진 네 개의 별자리에서 찾고자 했다. 사자자리와 황소자리는 별 어려움을 주지 않았다. 천사는 인간의 얼굴을 한 보병궁과 동일시되었다. 그리고 요한의 독수리는 분명히 전갈자리인데 전갈이 좋지 않은 징조로 여겨졌기 때문에 독수리로 변화된 것으로 보았다. 니콜라스 드 보레는 『별에 대한 사전』에서 이와 같은 가설을 우리에게 제공했다. 그리고 그는 네 가지 모습이 인간의 얼굴과 소의 몸, 사자의 발과 꼬리, 그리고 독수리의 날개를 가진 스핑크스와 관련이 있다고 생각했다.

에제키엘: 기원전 6세기 초 이스라엘의 대예언가. 고향의 멸망과 유대 민족의 부흥을 예언했다. 의식적(儀式的), 형식적 방법을 중시하는 율법적인 유대교의 시조이다. 「에제키엘」은 그의 작품이거나 그가 편집한 것으로 여겨진다.

천둥의 신 하오카흐

아메리카 인디언인 수족은 하오카흐가 천둥이라는 북을 치기 위해서 바람이라는 북채를 사용한다고 믿었다. 하오카흐의 뿔은 그가 사냥의 신임을 보여 준다. 그는 만족하면 눈물을 쏟고, 슬프면 웃음을 터뜨린다. 또 더우면 춥다고 하고, 추우면 덥다고 한다.*

* 이 내용은 이거턴 사이크스의 『비교전적 신화 사전』에 기록되어 있다.

레르네 늪지에 사는 히드라

티폰(가이아와 타르타로스의 못생긴 아들)과, 반은 아름다운 여인이고 반은 뱀을 닮은 에키드나 사이에서 태어난 것이 바로 레르네 늪지에 사는 히드라이다. 역사가 디오도로스는 히드라의 머리가 백 개라고 썼고, 아폴로도로스는 『도서관』이라는 책에서 히드라의 머리가 아홉 개라고 썼다. 존 램프리에어는 아폴로도로스의 기록이 맞는 것 같다고 했다.

황당하게도 히드라는 머리가 잘려 나가면 그 자리에 두 개씩 머리가 솟아난다고 한다. 그리고 그것은 인간의 머리를 닮았는데, 한가운데에 있는 머리는 영원불멸한 것으로 여겨졌다. 그의 입김은 물을 독으로 오염시키고 들판을 황폐하게 만들었다. 잠들었을 때조차 그 주변엔 독기가 감돌았는데, 이 독기 어린 공기에 닿는 순간 인간은 그 자리에서 즉사했다고 한다. 유노가 헤라클레스와 겨루게 하기 위해서 히드라를 키웠다는 설도 있다.

이 뱀은 영원히 살도록 되어 있었다고 한다. 보금자리는 레르네 늪지에 있었는데 헤라클레스와 이올라오스가 그를 찾아내어, 헤라클레스가 머리를 자르면 이올라오스가 피로 얼룩진 상처 부위를 횃불로 태워 버렸다. 영원불멸이라 여겨지던 마지막 머리는 헤라클레스가 거대한 바윗덩이 밑에 가두어 버렸다. 따라서 히드라의 머리는 그곳에서 헤라클레스를 증오하며 부활할 날을 기다리고 있을 것이다.

다른 모험에서 헤라클레스는 히드라의 쓸개즙을 묻힌 화살로 다른 맹수들에게 치명상을 입혔다.

히드라의 친구인 큰 게는 헤라클레스와 히드라가 싸울 때 헤라클레스의 발뒤꿈치를 물었다. 그러자 영웅은 게를 발로 밟아 버렸는데 유노가 이 게를 하늘로 올려서 지금의 게자리를 만들었다.

티폰: 인간과 짐승을 혼합한 거대한 괴물. 티포에우스라고도 불린다.

가이아: 대지의 여신. 게라고도 불린다.

타르타로스: 가이아의 아들. 어머니와 관계를 맺어 티폰의 아버지가 되었다.

에키드나: 지옥을 지키는 개 케르베로스, 키마이라, 스핑크스, 네메아의 사자, 프로메테우스의 간을 먹는 새 등 여러 가지 괴물들의 어머니이다.

디오도로스: 기원전 1세기 말의 시칠리아 역사가. 마흔 권 분량의 『역사 도서관』이라는 세계사를 저술했다.

아폴로도로스: 기원전 140년경의 아테네의 그리스 학자. 『연대기』, 『신에 관하여』, 『도서관』 등의 저서가 있다.

존 램프리에어: 18~19세기 영국의 고전학자. 저서로『고전 사전』,『위인전』이 있다.

유노: 로마 신화에서 최고의 여신. 그리스 신화의 헤라에 해당한다.

리바이어던의 아들

아주 먼 옛날, 아를과 아비뇽 사이에 있는 론 강 북쪽 숲에 반은 짐승이고 반은 물고기인 용이 살았다. 몸집은 황소보다 크고, 길이는 말보다 길며, 이빨이 날카로웠다. 머리 양쪽에는 뿔이 있었다. 이 리바이어던의 아들은 물속에 숨어 있다가 이방인이 나타나면 그를 가차 없이 죽여 버렸고 가끔은 배를 뒤집기도 했다.

이것은 비할 데 없이 잔인한 물뱀 리바이어던과 갈라티아 지방에서 만들어진 오나그로라는 짐승의 결합을 통해 태어났으며, 갈라티아 해를 경유하여 이곳에 왔다.

『황금 전설』, 리용, 1518년

『황금 전설』: 서양 중세의 대표적인 성인(聖人) 전설집. 도미니크회의 수도사였던 야코부스 데 보라지네가 성인

(聖人)들의 전설을 모아 편찬했다. 이 책은 중세 내내 애독되었으며 많은 흥미를 불러일으키며 전승되었다.

히포그리프

　불가능 혹은 부적절함을 표현하기 위해 베르길리우스는 말과 그리핀의 교미라는 표현을 사용했다. 4세기 후에 그의 주석가인 세르비우스는 이렇게 적었다. "그리핀은 상반신은 독수리이고 하반신은 사자인 동물이다." 그리고 좀 더 확실한 느낌을 주기 위해서 "그리핀은 말을 증오한다."고 덧붙였다.

　시간이 흐르면서 "말과 그리핀이 마주쳤다.(Jungentur jam grypes equis.)"라는 표현은 하나의 숙어가 되어 버렸다. 16세기 초 루도비코 아리오스토는 이를 이용하여 히포그리프라는 동물을 상상해 냈다.

　고대인들이 말하는 그리핀은 독수리와 사자가 합쳐진 동물이지만 아리오스토의 히포그리프는 그리핀과 말이 합쳐진 동물이었다. 상상의 세계에서 다시 한 번 상상의 나래를 펼쳐서 만든 동물이 히포그리프였던 것이다. 피에트르 미켈리는 이 동물이 날개 달린 말보다 더 조화롭다고 말했다.

　아리오스토가 환상 동물학 사전을 위해 쓴 히포그리프에

대한 묘사는 『광란의 오를란도』에 실려 있다.

이것은 그리핀과 암말을 교미시켜서 만든 것이기 때문에, 상상의 동물이 아니라 실재하는 동물이다. 아버지로부터 깃털과 날개, 앞발과 얼굴, 부리를 물려받았고, 어머니로부터 나머지 부분을 물려받았다. 이름은 히포그리프이다. 매우 드물기는 하지만 이들은 얼음으로 뒤덮인 머나먼 바다 저편에 있는 리파에아 산에서 온다.

이렇듯 이상하게 생긴 동물에 대한 첫 번째 언급치고는 믿을 수 없을 만큼 평범하다.

론 강 근처에서 날개 달린 커다란 준마의 고삐를 움켜쥔 기사를 보았다.

또 다른 팔행시에서는 날아다니는 말에 대한 경이와 신비감을 이렇게 노래했다.

손님들과 식구들을 바라보았지.
그리고 창문과 길거리에 늘어선 다른 사람들을 바라보았네.
모두 눈을 들어 하늘을 보고 있었지.
일식이나 혜성이 모습을 드러낸 것처럼.
여인은 정말 놀라운 광경을 보았다네.
믿기 쉬운 일은 아니었지.
날개 달린 커다란 준마가 지나는 것을 보았네.
기사를 태우고 바람 속을 달리고 있었네.

노래 마지막 부분에서 아스톨포는 히포그리프의 안장을 내려놓고 히포그리프를 풀어서 놓아준다.

호치간

데카르트는, 원숭이는 하려고만 하면 말도 할 수 있을 것
이라 말했다. 그러나 그랬다간 혹시라도 사람들이 자기들에
게 일을 시키지 않을까 하여 침묵을 지키고 있다는 것이다. 아
프리카 남부에 사는 부시면족은 모든 동물이 말을 할 줄 알던
시절이 있었다고 믿는다. 그런데 동물들을 증오하던 호치간
이 어느 날 멀리 사라지면서 동물에게서 말하는 능력을 빼앗
아 갔다고 한다.

이크티오켄타우로스

리코프론이나 클라우디아누스, 그리고 비잔틴의 문법학자인 요하네스 체체스는 이크티오켄타우로스에 대해 여러 차례 이야기한 바 있다. 그러나 고전 문헌에서는 이에 대한 언급을 찾아볼 수 없다. 이크티오켄타우로스는 '켄타우로스-물고기'라고 번역할 수 있는데, 이는 신화학자들이 '켄타우로스-트리톤'이라고 불렀던 것을 지칭하는 단어이다. 이것은 허리 위쪽은 인간의 모습을, 허리 아래쪽은 물고기의 모습을 하고 있다. 그리고 앞발은 말이나 사자와 비슷하다. 사는 곳은 해마가 사는 곳 근처, 해양 신들의 궁전이다.

리코프론: 기원전 320년경에 살았던 그리스의 시인이자 학자, 비극 작가. 알렉산드리아 도서관에서 희극을 정리했고 수십 편의 비극을 썼다. 난해하기로 유명한 1474행의 『알렉산드라』 등의 작품이 전해진다.

클라우디아누스: 로마 고전 시대 최후의 중요한 시인. 모국어는 그리스어지만 라틴어로 많은 작품을 썼다. 다른 나라의 신화를 제재로 한 서사시나 단편이 많다.

요하네스 체체스: 12세기 비잔틴 제국의 문법학자. 호메로스, 헤시오도스, 아리스토파네스의 고전에 대한 주석서를 남겼다. 신화, 문학사, 역사에 관한 잡록인『사서(史書)』는 그리스학의 전서(全書)라고 칭해질 만큼 인용 자료가 풍부하며 자료로서의 가치가 높다.

가미(神)

세네카의 저작에 따르면 밀레토스 출신의 탈레스는 지구가 선박처럼 물 위를 떠다니는데, 그 물이 소용돌이치면 지구에 지진이 일어난다고 말했다. 8세기 일본의 역사가 이자 신화학자는 지진에 대해 우리에게 또 다른 정보를 제공했다. 다음과 같은 유명한 이야기가 있다.

지구 — 골풀이 돋은 초원의 — 아래에는 초자연적인 존재인 가미(神)가 누워 있다. 메기처럼 생긴 이것이 움직이면 땅이 흔들린다. 그러면 '사슴 섬'에 사는 큰 신(大神)이 칼을 박는데, 그 칼이 가미의 머리에 박힐 때까지 계속해서 땅이 요동친다. 큰 신은 손을 뻗어서 가미가 잠잠해질 때까지 칼을 박는다.

돌로 만든 칼의 손잡이는 가시마 신사(鹿島神社)에서 몇 걸음 떨어진 곳에 솟아 있다. 18세기 때 한 봉건 영주가 엿새 밤낮을 쉼 없이 팠지만 칼 끝을 볼 수 없었다고 한다.

지진어(地震魚), 즉 지진을 일으킨다는 물고기는 숭어의 일종으로, 그 크기가 삼천 리나 되어 등에 일본 열도를 지고 다닌다. 이 물고기는 북쪽에서 남쪽을 향해 헤엄치는데 머리는 교토 지방 아래쪽에 있고 꼬리 부분은 아오모리 아래쪽에 있다고 한다. 한 합리주의자는 반대로 이 물고기가 남쪽에서 북쪽으로 나아간다고 생각했다. 왜냐하면 지진은 남쪽 지방에서 많이 일어나는데, 물고기의 움직임을 생각해 보면 꼬리 부분이 더 많이 움직이기 때문이다. 어쨌든 이 물고기는 아라비아의 전설에 나오는 바하무트나 북유럽 신화인 에다에 나오는 미드가르드의 벌레와 유사한 종류이다.

　　어떤 지방에서는 별다른 이유 없이 이 물고기를 "지진을 일으키는 풍뎅이," 즉 지진충으로 대체해서 생각하기도 한다. 이것의 머리는 용과 비슷하고 발은 열 개나 되는 거미 발이며 비늘로 덮여 있다고 한다. 그러나 해저가 아니라 지하에 사는 동물이라는 점이 다르다.

훔바바

세상에서 가장 오래된 서사시 중 하나인 바빌로니아의 서
사시 『길가메시 이야기』에는 삼나무 산을 지키는 거인 훔바
바가 등장한다. 그런데 이 거인은 어떤 형상을 하고 있었을
까? 게오르게 부르크하르트는 이 거인의 모습을 복원시키려
고 노력했다.(『길가메시 이야기』, 비스바덴, 1952.) 여기에 그의 글
을 옮겨 본다.

　엔키두는 도끼로 삼나무를 잘랐다. 그러자 누가 숲에 들어
와서 삼나무를 자르느냐는 우렁찬 목소리가 들려왔다. 영웅들
은 훔바바가 다가오는 것을 보았다. 사자의 손톱에 몸통엔 온
통 두꺼운 청동 비늘이 덮여 있었고 발톱은 콘도르의 발톱이었
다. 이마에는 야생 들소의 뿔이 달려 있었고, 꼬리와 생식기 끝
부분에는 흉칙한 뱀 대가리가 달려 있었다.

　『길가메시 이야기』의 아홉 번째 노래에는 반은 인간이고

반은 스콜피온 ── 상반신은 하늘에 닿아 있고 하반신은 지하계에 박혀 있는 ── 인 괴물이 산속에서 태양이 나오는 문을 지키고 있다는 이야기가 전해진다.

이 시는 열두 장으로 구성되어 있는데 바로 황도대의 열두 별자리에 해당한다.

『길가메시 이야기』: 수메르, 바빌로니아 등 고대 동양의 여러 민족 사이에 알려진 전설적인 영웅 길가메시의 이야기. 열두 편의 서사시에 사랑과 우정, 투쟁과 모험의 파노라마가 펼쳐진다.

크라켄

크라켄은 스칸디나비아에서는 자라탄의 일종으로, 아랍에서는 해룡 혹은 바다뱀의 일종으로 알려져 있다.

1752년 베르겐의 주교였던 덴마크 출신의 에릭 폰토피단은 『노르웨이의 자연사』라는 작품을 출판했다. 이 작품에는 잔인하고 적대적인 이야기가 가득했다. 이 책에 나오는 대로라면 크라켄은 등 길이가 2.4킬로미터나 되고 팔은 커다란 범선을 안을 수 있을 정도이며, 등은 섬처럼 불룩하게 솟아 있다. 에릭 폰토피단은 이 이야기를 이렇게 공식화했다. "떠다니는 섬은 모두 크라켄이다." 또한 크라켄은 액체를 흘려서 바닷물을 검게 흐려 놓는다고도 한다. 그 때문에 문어 종류로 상상되기도 했다.

테니슨이 젊은 시절에 발표한 작품 중에도 크라켄에 대한 것이 한 편 있다. 그는 크라켄을 이렇게 묘사했다.

천둥 치는 듯한 파도 아래, 저 깊은 바닷속에서 크라켄은 누구의 간섭도 받지 않고 오랫동안 꿈도 없는 달콤한 잠을 자고 있다. 창백한 그림자들이 어둠침침한 그의 주변을 떠다닌다. 폭과 높이가 수천 킬로미터나 되는 커다란 해면이 그의 주변을 떠다닌다. 희미한 빛밖에 없는 저 바다 깊은 곳 신비의 동굴에서 나온 헤아릴 수 없이 많은 폴립들이 거대한 팔로, 잠자는 짙은 녹색의 풀을 두드린다. 그는 그곳에 수 세기 전부터 누워 있었다. 그러나 거대한 새끼 때부터 최후의 심판 날 불길이 심연을 뜨겁게 데울 때까지 잠든 채 계속 누워 있을 것이다. 최후의 심판 날이 오면 크라켄은 단 한 차례 인간과 천사들에게 모습을 보여 주기 위해 울부짖으며 솟아오를 것이다. 그러나 수면으로 올라오는 순간 곧 최후를 맞을 것이다.

베르겐: 노르웨이 제3의 도시이자 가장 중요한 항구.

에릭 폰토피단: 18세기 코펜하겐에서 신학을 가르쳤으며 1745년에 베르겐의 사교(司敎)가 되었다.

앨프리드 테니슨: 영국의 계관 시인(桂冠詩人). 작품으로 『인 메모리엄』, 『국왕가집』 등이 있다.

쿠야타

이슬람의 신화에 의하면, 쿠야타는 4000개의 눈, 4000개의 귀, 4000개의 코, 4000개의 입, 4000개의 혀, 그리고 4000개의 발이 달린 거대한 황소이다. 한쪽 눈에서 다른 눈으로, 혹은 한쪽 귀에서 다른 귀로 옮겨 가는 데만도 오백 년이 걸린다고 한다. 이 쿠야타를 받치고 있는 것이 바로 물고기 바하무트이다. 이 황소의 등에는 루비로 된 산이 있고, 산 위에는 천사가 있으며, 천사 위에 바로 대지가 있다.

라미드 우프닉스

머나먼 옛날부터 지금까지 지구에는 계속해서 서른여섯 명의 정직한 인간이 살고 있다. 바로 라미드 우프닉스로, 이들의 사명은 신 앞에서 세상을 정당화하는 것이다. 이들은 서로에 대해 알지 못하며 매우 가난한 사람들이다. 그리고 자기가 라미드 우프닉스라는 사실을 알고 나면 곧바로 죽음을 맞는다. 그러면 지구 어디에선가 그의 자리를 물려받을 또 다른 라미드 우프닉스가 태어난다. 이들은 우주의 신비한 기둥을 형성한다. 만일 이들이 없었다면 신은 인간을 멸종시켰을 것이다. 그들은 우리의 구원자이지만 정작 당사자들은 이러한 사실을 모른다.

유대인들의 이러한 믿음은 막스 브로트에 의해 글로 표현되었다. 그리고 이 이야기는, 만일 소돔에서 정직한 사람이 열 명만 나온다면 이 도시를 파괴하지 않으리라는 「창세기」18장에서 그 뿌리가 발견된다. 아라비아인들 역시 비슷한 역할을 맡은 사람들을 상상했다. 바로 쿠트브라고 불리는 사람들이다.

막스 브로트: 19~20세기 오스트리아의 유대인 작가. 작가보다는 카프카의 친구이자, 그의 편집자로 더 유명하다. 주요 작품으로는 3부작 역사 소설 『신에 이르는 티코 브라헤의 길』, 『유대인의 왕 레우베니』, 『포로의 갈릴레이』가 있으며, 「이교, 기독교, 유대교」, 「차안과 피안」 등의 종교 논문을 썼다.

라미아

라틴과 그리스의 고전학자들에 따르면, 라미아는 아프리카에 사는 괴물이다. 상반신은 아름다운 처녀이지만 하반신은 흉측하게 생긴 뱀의 모습을 하고 있다. 어떤 사람은 마녀라고 하고, 또 어떤 사람은 사악한 괴물이라고 한다. 말은 할 수 없지만 그녀가 혀를 날름거리면 달콤한 음악 소리 같은 것이 난다고 한다. 그녀는 이 음악 소리로 사막에서 여행자들을 유혹하여 잡아먹는다. 그녀는 원래 신이었으며, 제우스의 수많은 연인 중 하나였다고 한다.

로버트 버턴은 『감상(感傷) 분석』이라는 책에서 사랑의 열정을 논하며 라미아에 대해 이야기했다. 그녀는 인간의 모습을 하고 지상에 내려와서 젊은 시인을 유혹했다. 그 시인 역시 그녀 못지않게 아름다웠다. 그녀는 코린토스 시에 있는 궁전으로 청년을 데려갔다. 그런데 결혼식에 초대받았던 마술사 아폴로니우스가 그녀의 이름을 부르자, 그녀와 궁전이 사라져 버렸다.

존 키츠는 죽기 얼마 전에 버턴의 이야기에서 영감을 받아 「라미아」라는 장편 시를 남겼다.

로버트 버턴: 16~17세기에 활동한 영국의 목사, 문필가. 우울의 원인과 결과를 분석한 이색 저서 『감상 분석』은 의학 서적으로 쓰였지만, 기이하고 진기한 내용이 담긴 책에서 인용한 것들이 많아 잡학의 보고라 칭해진다.

레무레스

이들은 '라르바스'라고도 불린다. 자기 가족을 끔찍하게 아끼는 라레스들과 달리 죽은 자 가운데서도 사악한 자들의 영혼이 모인 레무레스들은 인간에게 공포심을 불어넣으며 떠돌아다닌다. 그들은 바르게 사는 사람들과 사악한 사람들을 구별하지 않고 모두를 성가시게 한다.

예수를 믿기 전 로마에서는 5월 한 달 동안 레무레스 제전이 열리곤 했다. 사람들은 이 축제를 '레무리아스'라고 불렀는데, 이것은 자신이 목을 베어 처형한 동생 레무스의 영혼을 달래기 위해 로물루스가 시작한 축제였다. 전염병이 로마를 휩쓸고 지나가자 로물루스는 신들에게 자문을 구했다. 매년 축제를 열되, 사흘 밤낮을 계속하라는 신탁이 내려왔다. 이 시기에는 다른 신을 모시는 신전은 문을 닫아야 하고 결혼을 해서도 안 된다고 했다. 묘지에 콩을 던지거나 불에 콩을 태우는 관습이 있었는데, 바로 그 냄새가 레무레스를 쫓는다고 믿었기 때문이다. 또한 북소리와 신비한 주문 역시 레무레스를 쫓는 힘이 있다고 믿었다. 호기심을 느끼는 독자는 오비디우스의 『연대기』를 참조해도 좋다.

로물루스: 로마를 건국했다고 알려진 전설 속의 인물. 숙부가 쌍둥이 동생 레무스와 함께 테베레 강에 버려서 늑대의 젖을 먹고 자랐다. 훗날 숙부와 동생을 죽인 후 로마를 건설하고 왕이 되었다고 한다.

달나라 토끼

　영국인들은 얼룩이 있는 달의 모습이 인간의 얼굴과 비슷하다고 믿었다. 『한여름 밤의 꿈』에도 '달나라 인간'에 대한 이야기가 두세 차례 언급되었다. 셰익스피어는 달나라에 있는 가시 돋친 얼굴 혹은 가시 돋친 풀에 대해 언급했다. 단테의 「지옥편」 제20곡 마지막 구절에도 카인과 가시에 대한 이야기가 나온다. 토마스 카시니의 주석은 토스카나 지방의 우화를 상기시킨다. "신께서 카인을 달나라에 가두셨다. 그리고 시간이 끝날 때까지 가시 돋친 얼굴을 이고 있으라고 명령하셨다." 달나라에는 신성한 가족이 살고 있다고 말한 사람도 있다. 루고네스는 「감상적인 달」에서 이렇게 노래했다.

　　성모는 아이를 안고, 옆에는
　　성 요셉이 있었지.(몇몇은 운 좋게
　　그의 지팡이를 볼 수 있었지.) 그리고 착한 순백색의 당나귀가
　　달나라 평원을 걷고 있었네.

반대로 중국인들은 달나라에는 토끼가 산다고 믿었다. 그들에 따르면 부처가 전생에 주린 배를 움켜쥐고 괴로워하자 그의 배를 채워 주기 위해 토끼 한 마리가 스스로 불 속에 뛰어들었고, 부처는 그 은혜를 갚기 위해 토끼의 영혼을 달나라로 보내 주었다고 한다. 또한 토끼는 달나라의 월계수 아래에서 신비한 절구에 불멸의 선약을 섞은 약을 찧고 있다고 한다. 어떤 곳에서는 이 토끼를 '의사'나 '비취 토끼' 또는 '보석 토끼'라고 부른다. 이러한 토끼는 수천 년을 살며 늙을수록 맥박이 더욱 세게 뛴다고 한다.

레오폴드 루고네스: 20세기 초 아르헨티나의 시인, 작가, 역사가. 부에노스아이레스에서 출판된 시집 『황금산』으로 문명(文名)을 얻었고, 파리로 가서 《남아메리카》라는 잡지를 발간하기도 했다.

릴리스

히브리의 문헌에는 "이브 이전에 릴리스가 있었다."라는 이야기가 전해진다. 이 이야기는 영국 시인인 단테 가브리엘 로세티에게 영감을 주어 『에덴 바우어』라는 작품을 탄생시키기도 했다.

릴리스는 뱀의 일종이며, 아담의 첫 번째 부인으로서 아담에게 아름다운 아들과 눈부신 딸을 낳아 주었다. 그런데 신이 얼마 뒤에 이브를 만드셨다. 아담의 동족인 이브에게 복수하기 위해 릴리스는 이브에게 금단의 과일을 먹으라고 유혹했다. 금단의 과일을 먹은 이브는 아벨의 형인 카인을 낳았다. 로세티가 추적한 신화의 원형은 이러하다.

중세를 거치는 동안 히브리어로 저녁이라는 의미를 가진 '라일(layil)'이라는 단어의 영향을 받아 신화의 내용이 약간 변질되었다. 중세에 이르면 릴리스는 뱀이 아닌 밤의 정령으로 등장하기도 하고, 때로는 인간의 번식을 주관하는 천사의 모습으로 나타나기도 한다. 또는 혼자 자는 사람이나 혼자 길을 가는 사람을 습격하는 악마의 모습으로 그려지기도 한다.
보통은 삼단 같은 흑발을 치렁치렁 풀어헤친 고결한 여인의
모습으로 상상된다.

거북들의 어머니

기원전 22세기, 현명한 천자였던 우(禹)임금은 전국 방방 곡곡을 누비면서 새로 생긴 산과 강, 그리고 호수의 길이를 측량했다. 그런 뒤에 농사의 효율성을 높이기 위해 대지를 아홉 등분했다. 그 덕분에 그는 하늘과 땅을 홍수로 뒤덮으려 하는 물을 다스릴 수 있었다. 역사가들은 우임금이 강에서 나온 거북의 계시를 받아 대지를 아홉 등분했다고 말한다. 모든 거북의 어미인 이 파충류가 물과 불로 만들어졌다는 설도 있다.

비록 소수이긴 하지만 어떤 사람들은 켄타우로스 성좌를 형성하는 별들의 빛이 이 거북의 본질이라고 믿기도 한다. 이 거북의 등에는 '홍범(洪範)'이라는 우주의 비밀이 기록되어 있다. 그리고 이러한 비밀의 세부 항목에 대한 도식이 흑백의 점선으로 그려져 있다.

중국인들은 하늘은 반원형이고 대지는 각이 진 것이라 믿었다. 그들이 거북의 등에서 우주의 이미지와 모델을 발견할 수 있었던 것도 그 때문이다. 어쨌든 거북은 우주의 영원함과 연관이 있다. 따라서 영적인 동물에 일각수와 호랑이, 용, 봉황과 함께 거북이 포함된 것은 너무나 당연한 일이다. 점쟁이는 거북의 등껍질에서 길흉의 징조를 찾기도 했다.

단구(丹龜)는 홍범을 황제에게 알려 준 거북의 이름이다.

만드라고라

이 나무는 보라메츠와 마찬가지로, 동물과 식물의 성질을 동시에 지니고 있다. 이 나무를 뽑으면 사납게 울부짖는다. 이렇듯 울부짖는 소리는 그 소리를 들은 사람을 미치게 한다.(『로미오와 줄리엣』 4막 3장.)

피타고라스는 이것을 "인간을 닮은 식물"이라고 불렀다. 라틴의 농업 전문가인 루키우스 콜루멜라는 "반인간(半人間)"이라고 불렀고 알베르투스 마그누스는 "만드라고라는 인간을 닮았을 뿐만 아니라 성(性)도 구분된다."라고 기술했다. 그 이전에 플리니우스는 하얀 만드라고라는 남성이고, 검은 만드라고라는 여성이라고 했다. 그리고 만드라고라를 뽑은 사람은 칼로 자기 주변에 원을 세 개 그리고 나서 서쪽을 바라보아야 한다고 덧붙였다.

이 나뭇잎의 향기는 너무 진해서 인간을 벙어리로 만들어 버리고 나무를 뽑으면 기이한 재난이 닥친다. 『유대 전쟁사』 마지막 권에서 플라비우스 요세푸스는 사람들에게 길들인 개를 이용하라고 충고했다. 이 나무를 뽑은 개는 죽게 되지만 뽑힌 만드라고라의 잎은 환각제나 이완제로 사용할 수 있다는 것이다.

인간의 모습을 닮은 만드라고라가 교수대 근처에서 자란다는 터무니없는 미신도 있었다. 토머스 브라운 경(『전염성이 있는 그릇된 견해』, 1646)은 교수형당한 사람들의 지방질에 대해 썼고, 작가 한스 하인츠 에베르스는 교수형당한 남자와 매춘부 사이에서 태어난 마녀에 대한 이야기(『작은 요마(妖魔)』, 1913)를 남겼다. 만드라고라는 독일어로는 '알라우네(Alraune, 작은 요마)'이며, 옛날에는 '알루나'라고 불렸다. 단어의 기원은 '신비한', '감추어진 사물'이라는 의미를 지닌 '루나(runa)'로, 훗날 게르만의 첫 번째 알파벳인 룬(rune) 문자를 지칭하는 데 사용되었다.

「창세기」(30장 14절)에는 만드라고라의 번식력과 관련된 재미있는 이야기가 나온다. 그리고 독일인이자 유대인인 12세기의 『탈무드』주석가는 이런 이야기를 남겼다.

땅속의 뿌리에서 끈 비슷한 것이 나온다. 이 끈에는 호박이나 멜론처럼 이것을 탯줄로 삼는 야두아라는 동물이 달려 있다. 이 야두아는 모든 것, 다시 말해 얼굴, 몸통, 손, 발이 인간과 똑같이 생겼다. 이 동물은 끈이 닿는 곳에 있는 사물을 모두 파괴한다. 때문에 이 끈을 자르려면 화살을 써야 한다. 끈이 잘리면 야두아는 저절로 죽는다.

의사 디오스코리데스(2세기)는 만드라고라와 『오디세이』 10권에 나오는 "키르케의 풀"이 같은 것이라고 생각했다.

뿌리는 검은색이다. 그러나 꽃은 우윳빛이다. 인간이 이것을 뽑는 것은 대단히 어려운 일이다. 그러나 신들은 전지전능하시다.

루키우스 콜루멜라: 1세기 중엽경의 로마의 저술가. 세네카와 같은 시대 사람으로서『농업론』과『식수론(植樹論)』이라는 저서를 남겼다. 열두 권으로 된『농업론』은 고대의 농업 실정을 알려 주는 중요한 문헌이다.

알베르투스 마그누스: 스와비아(중세 독일의 공국)에서 태어난 스콜라 철학자, 신학자. '만물 박사(萬物博士)'라고 불릴 정도로 박학했으며 박물지에도 조예가 깊었다.

플라비우스 요세푸스: 유대 제사장 가문 출신의 연대기 작가. 그의 저서는 산실된 자료를 많이 포함하고 있어 유대의 역사를 이해하는 중요한 자료이다.『유대 연대기』, 『자전(自傳)』등의 저서가 있다.

한스 하인츠 에베르스: 독일의 작가. 기괴하고 에로틱한 이야기를 주로 썼다.

룬 문자: 고대 게르만의 문자. 그리스 문자를 변형하고 발달시킨 것으로 특히 스칸디나비아인들이나 앵글로색슨인들이 1~17세기경에 사용했다.

디오스코리데스: 보르헤스는 2세기 때 사람이라고 했지만, 아마도 50년경에 활약했던 로마의 의사 페다니오스 디오스코리데스를 가리키는 듯하다. 의사, 약용 식물학자로서 최초로 약초와 식물의 지식을 집대성하여 저

술했다. 그의 저서 『식물학』은 15~16세기에 이르기까지 약학 방면에서 권위 있게 활용되었다.

만티코라스

아르타크세르크세스 므네몸 시대의 그리스 출신 의사 체시아스의 이야기를 근거로 플리니우스(8권 30장)는 이런 기록을 남겼다.

에티오피아인들은 만티코라스라고 불리는 동물이 존재한다고 말한다. 그 동물에게는 머리빗처럼 서로 어긋나게 난 세 줄의 이빨, 인간의 얼굴과 귀, 파란 눈, 붉은색 사자 몸통, 전갈처럼 끝에 침이 달린 꼬리가 있다. 대단히 빨리 달릴 수 있으며 인간의 고기를 광적으로 좋아한다. 그리고 그의 목소리는 플루트나 트럼펫 소리와 비슷하다.

플로베르는 『성 앙투안의 유혹』 마지막 장에서 이런 묘사를 덧붙였다.

거대한 붉은빛이 도는 사자의 몸통에 인간의 얼굴 그리고 세 줄로 나 있는 이빨.

햇빛에 따라 색깔이 변하는 나의 진홍색 털은 거대한 사막의 반사열에 잘 녹아 들어간다. 나는 코에서 고독의 공포를 토해 내고 악취를 뱉어 낸다. 군인들이 사막으로 진격해 들어오면 나는 그들을 집어삼킨다.

휘어진 내 발톱은 송곳처럼 날카롭다. 내 이빨은 톱니처럼 생겼다. 흔들리는 꼬리에는 침들이 꽂혀 있으며 나는 그것들을 왼쪽 오른쪽 앞뒤를 가리지 않고 자유자재로 던질 수 있다. 자, 잘 보아라!

만티코라스는 꼬리의 침을 던진다. 이것은 화살처럼 사방팔방으로 날아간다. 핏방울들이 떨어지고 나뭇잎들이 흩날린다.

미노타우로스

사람들을 미로에 빠뜨리기 위해 지어진 집은 황소 머리를 가진 인간보다 더 낯설고 괴이하다. 그러나 이 둘은 서로를 보완하는 작용을 한다. 미로의 이미지가 언제나 미노타우로스의 모습을 동반하여, 거대한 집 한가운데에 괴물같이 생긴 사람이 살았다고 전해지는 것이다.

미노타우로스는 반은 황소이고 반은 사람인 괴물로, 크레타의 여왕 파시파에와, 포세이돈이 바다에서 내보낸 황소의 결합으로 태어났다. 이러한 동물과의 사랑을 실현 가능한 일로 꾸민 다이달로스는 괴물같이 생긴 이들의 아들을 감추어 둘 수 있도록 미로를 고안했다. 미노타우로스는 인간의 고기를 먹고 살았으므로, 크레타 왕은 아테네 시에 매년 일곱 명의 총각과 처녀를 조공으로 바치라고 요구했다.

테세우스는 이 부당한 요구로부터 나라를 구하기로 마음먹고 자원했다. 왕의 딸 아리아드네는 길을 잃지 않도록 그에게 실 꾸러미를 주어 지나간 길을 표시하게 했다. 영웅은 미노

타우로스를 죽이고 미로를 빠져나왔다.

오비디우스는 한 시구에서 반은 황소이고 반은 인간인 소-인간을 재치 있게 노래했다. 고대인들의 저작에 대해서는 잘 알았지만 그들의 동전이나 건축물에 대해서는 무지했던 단테는 미노타우로스가 머리는 인간이고 몸통은 소의 형상을 하고 있다고 상상했다.(「지옥편」 제12곡 1~30행.)

소에 대한 신앙과 쌍도끼에 대한 신앙(이 쌍도끼의 이름이 바로 라브리스(labrys)인데 여기에서 '미로(labyrinth)'라는 단어가 유래했다.)은 헬레니즘 이전 시대의 종교가 가진 독특한 면을 보여 준다. 벽화로 미루어 짐작하건대, 황소 머리를 한 인간은 크레타의 악마학에 속한 반(半)인간이다. 어쩌면 미노타우로스에 대한 그리스의 우화는 오래된 신화를 뒷날 다시 상황에 맞게 각색한 것으로, 더욱 무서운 다른 꿈들의 그림자인지도 모른다.

미르메콜레온

상상하는 것조차 불가능한 동물이 있다면 그것이 바로 미르메콜레온일 것이다. 플로베르는 이 동물을 이런 식으로 정의했다. "앞은 사자이고 뒤는 개미이며 생식기는 거꾸로 달려 있다." 이 괴물에 대한 이야기는 상당히 호기심을 자극한다. 성서에는 "먹이를 찾던 수사자가 기진하니.(「욥기」 4장 11절)"라는 구절이 있다.

히브리어 원전에는 수사자 대신 '라이시(layish)'라는 단어가 사용되었는데, 사자를 가리키는 이 단어는 매우 진기한 표현이므로 그에 맞게 번역도 진기하게 하는 것이 맞을 듯하다. 그리고 70인이 번역한 그리스어 성서에서는 아엘리아누스나 스트라본이 "미르멕스(myrmex)"라고 불렀던 아라비아의 사자로 돌아가서, 미르메콜레온이라는 말을 만들어 냈다.

몇 세기가 흐르자 이러한 기원은 잊혀 갔다. 미르멕스는 그리스어로 개미에 해당하는 단어이다. 수수께끼 같은 구절 "먹이를 찾던 사자-개미가 기진하니."에서 중세 동물학자들을 흥분하게 만든 또 하나의 상상 동물이 탄생했다.

생리학자들은 사자-개미를 조심스럽게 다루었다. 그것의
아버지는 사자이고 어머니는 개미이다. 아버지는 육식을 하고
어머니는 초식을 한다. 사자-개미는 이 둘의 결합을 통해 탄생
했다. 다시 말해서 이것은 사자와 개미라는 이질적인 동물의
혼합물로서 두 가지를 동시에 닮은 것이다. 말하자면 앞부분은
사자이고 뒷부분은 개미이다. 그래서 아버지처럼 고기를 먹지
도 못하고 어머니처럼 풀을 먹지도 못한 채 그대로 굶어 죽을
수밖에 없다.

아엘리아누스: 고대 로마의 저술가. 로마에서 수사학을
가르쳤으며 전문적으로 글을 썼다. 그의 사상은 스토아
사상에 속하며,『동물의 성질』,『잡연구(雜硏究)』등의
작품을 남겼다.
스트라본: 그리스의 지리학자, 역사가. 아리스토텔레스
학파에서 스토아학파로 이동했으며, 로마, 이집트 등을
여행하고 나서 쓴 마흔일곱 권의 역사서는 거의 유실되
었지만, 열일곱 권의 지리서는 대부분 현존한다. 이는 단
순한 지리적 서술이 아니라 전설, 사실 등을 포함한 중요
한 사료이다.

외눈박이

외알 안경을 지칭하는 단어가 되기 전 모노쿨로스(mon-
oculos)는 외눈박이를 가리키는 말로 사용되었다. 17세기에
루이스 데 공고라가 쓴 소네트에는 "갈라테이아를 그리워하
는 외눈박이(Monóculo galán de Galatea)"라는 표현이 나온다.
이는 분명히 폴리페모스를 가리키는 말이다. 그 전에도 그는
『폴리페모스와 갈라테이아의 우화』에서 외눈박이에 대해 거
론했다.

> 산은 너의 커다란 사지(四肢) 중 하나,
> 잔인한 넵투누스의 아들,
> 너는 키클롭스, 샛별과도 겨룰 수 있는
> 이마에 난 둥근 원을 번득이네.
> 너는 멋지고 강한 몽둥이를
> 가볍게 휘두르네.
> 그토록 무거운 몽둥이도 너에게는

하루는 산책할 때의 지팡이가 되고 다음 날은 양을 모는 지
팡이가 되네.

검은 머리카락, 레테의 검푸른

물결처럼 휘몰아치네,

머리를 빗기는 사나운 바람에

그것은 사방으로 날려 헝클어졌네.

사나운 턱수염은 급류처럼 흐르고

아, 거친 피레네의 아들이여,

가슴은 감정에 겨워, 손가락은

뒤늦게 혹은 기분 나쁘게 혹은 쓸데없이 할퀴어 대네.

이 시구들은 퀸틸리아누스가 찬사를 보냈던 『아이네이
스』 3권의 시구보다 뛰어나지만 힘이 없고, 『아이네이스』의
시구는 『오디세이』 9권에 나오는 시구보다 뛰어나지만 힘이
없다. 이러한 문학적인 쇠퇴는 시인의 믿음이 약해진 것과 일
치한다. 베르길리우스는 자신의 폴리페모스에 대해 우리에게
어떤 인상을 심어 주고자 했으나 스스로는 그것의 존재를 믿
지 못했다. 공고라 역시 단어나 단어의 기교만을 믿었다.

키클롭스들의 나라만이 외눈박이들의 나라였던 것은 아니
니다. 플리니우스(7권 2장)는 이 밖에도 아리마스포이 사람들
에 대해 언급했다.

이마 한가운데에 외눈이 박혀 있는 사람들은 황금을 빼앗
기 위해서 날개 달린 괴물인 그리핀과 계속 전쟁을 했다. 그리
핀들은 지구의 배 속에서 황금을 꺼냈다. 그리핀들의 욕심도

그것을 빼앗으려고 드는 아리마스포이 사람에 비교했을 때 적지 않았다.

오백 년 전 할리카르나소스의 헤로도토스가 쓴 첫 번째 백과사전(3장 116절)에는 이런 기록이 있다.

유럽 북부 지방에는 황금이 풍부하게 매장되어 있는 듯하다. 그러나 어디에 매장되어 있는지, 그리고 어디에서 캐어 왔는지는 말할 수 없다. 외눈박이인 아리마스포이 사람들이 그리핀들에게서 빼앗아 온 것이라고 한다. 그러나 이 세상에 나머지 부분은 다른 보통 사람과 똑같은데 얼굴에 눈이 하나만 달린 사람들이 살고 있다고는 믿기가 어렵다.

루이스 데 공고라: 스페인의 시인. 초기에는 전통적인 양식을 따르는 서정시를 주로 썼으나 점차 시풍이 변하여 후기에는 말의 자유로운 전위(轉位)나 부자연스러운 대구, 과장, 비유, 출처가 부정확한 우화를 사용하는 등 난해한 시를 발표했다. 대표작으로『폴리페모스와 갈라테이아의 우화』,『고독』등이 있다.

폴리페모스: 포세이돈(로마에서는 넵투누스)과 님프 토사 사이에서 태어난 아들로 키클롭스(눈이 하나뿐이고 대장장이 일에 능한, 그리스 신화에 나오는 거인족) 가운데 하나이다.

레테: 저승을 흐르는 망각의 강 혹은 망각의 여신. 불화와 전쟁의 여신인 에리스의 딸이다.

마르쿠스 파비우스 퀸틸리아누스: 로마의 문학자, 문예 비평가. 스페인에서 태어나 로마에서 교육받고 수사학 교사가 되었다. 플리니우스도 그의 문하에 있었다. 그의 저서 『웅변가 교육론』(전 12권)은 르네상스 시대에 인문주의적 입장에 섰던 교육학자(教育學者)들에게 큰 영향을 끼쳤다.

먹을 좋아하는 원숭이

이 동물은 북쪽 지방에 살고 있으며 크기는 10~13센티미터 정도이다. 이 녀석의 생김새는 매우 흥미롭다. 눈은 붉은 마노 같고, 털은 흑옥처럼 부드럽고 탄력이 있으며 푹신푹신하다. 이 동물은 중국의 먹을 좋아해서 사람들이 글씨를 쓸 때 손을 가지런히 모으고 책상다리를 하고 앉아 다 쓰기를 기다렸다가 남은 먹물을 마신다. 그런 다음 다시 책상다리를 하고 조용히 앉는다.

왕대해(王大海),

『해도 일지(海島逸志)』, 1791

기괴한 아케론

세상에서 아케론을 본 사람은 단 한 사람뿐이다. 그도 한 차례 본 게 전부이다. 그 일은 12세기에 아일랜드의 코크라는 도시에서 일어났다. 이 이야기를 담은 아일랜드 원본은 사라졌다. 그러나 레겐스부르크(라티스보나)의 베네딕트파 수도사는 이 이야기를 라틴어로 옮겼고, 이후 에스파냐어와 기타 여러 나라 언어로 번역되었다. 라틴어 번역판에는 주요 부분이 50여 장 남아 있다. 『비시오 툰달리(툰달리의 환영(幻影))』가 바로 그 이야기의 제목이며, 단테가 쓴 시의 근원으로 여겨진다.

아케론이라는 단어는 『오디세이』 10권에 지옥의 경계를 이루는 강의 이름으로 등장한다. 인간이 사는 대지의 서쪽 끝을 유유히 흐르는 강의 이름인 것이다. 이 강의 이름은 『아이네이스』에서 다시 언급된다. 그리고 루카노스의 『파르살리아』, 그리고 오비디우스의 『변신』에서도 언급된다. 단테는 이 강의 이름을 그의 시에 이렇게 새겨 놓았다.

아케론의 슬픈 강변.

여기에서 벌을 받는 티탄의 전설이 유래했다. 훗날 또 다른 구전 설화는 아케론이 남극에서 멀지 않은, 대차점의 성좌 아래쪽에 있다고 전한다. 에트루리아 사람들은 『운명의 글』을 가지고 있는데 이 책은 점치는 법을 담은 책이다. 그리고 『아케론의 글』이라는 것도 있는데 이 책은 육신이 죽은 뒤 영혼이 가는 길을 알려 준다. 어느 정도 시간이 흐른 다음부터 아케론은 '지옥'을 의미하게 되었다.

툰달은 아일랜드의 교양 있고 용감한 젊은 기사였다. 그에게는 특별히 비난할 수는 없지만 이상한 습관이 있었다. 그는 병이 들어 여자 친구 집에 누워 있었다. 사흘 밤낮을 죽은 듯이 누워 있었기 때문에 사람들은 모두 그가 죽었다고 믿었다. 다만 가슴에는 약하게나마 체온이 남아 있었다. 그런데 그가 정신을 차리더니 수호천사를 따라서 저승을 보고 돌아왔다고 말했다. 그는 그곳에서 매우 신비한 것을 보았다고 했는데, 그중에서 가장 흥미를 끄는 것이 바로 기괴한 아케론에 대한 이야기였다.

툰달의 이야기에 따르면 이 동물은 크기가 산만 했다고 한다. 눈은 화염이 타오르는 것 같았고 입은 지독하게 커서 9000명 이상의 인간이 그 속에 들어갈 수 있었다. 신에게 버림받은 두 사람이 마치 두 개의 기둥처럼 혹은 아틀라스처럼 아케론의 입을 벌리고 있었다. 한 사람은 다리로 서 있었고 또 다른 사람은 머리로 서 있었다. 세 개의 목구멍이 안으로 길게 이어져 있었다. 그런데 이 세 개의 목구멍에서는 결코 꺼지지 않는 불길이 뿜어 나왔다. 그 짐승의 배 속에서는 신에게서 버림받고 그곳에 떨어진 수많은 사람들의 신음 소리가 울려 나왔다. 악마들은 툰달에게 이 동물이 바로 아케론이라고 말해 주었다. 수호천사는 사라졌다. 그러자 툰달도 다른 사람들처럼 괴물의 배 속으로 끌려 들어갔다. 아케론의 배 속은 눈물과 어둠, 이빨 가는 소리, 불, 참을 수 없는 열기, 얼음장 같은 추위, 개, 곰, 사자, 뱀 따위로 가득 차 있었다. 이 전설에서 지옥은 배 속에 다른 동물들이 있는 기괴한 동물로 그려지고 있다.

1758년 에마누엘 스웨덴보리는 이렇게 기록했다. "나는 지옥의 보편적인 모습을 본 적은 없지만 천국이 인간의 모습을 하고 있는 것처럼 지옥 역시 악마의 모습을 하고 있다고 들었다."

레겐스부르크: 독일의 바이에른 주에 있는 상업 도시. 13~16세기에 지어진 유명한 사원, 시 청사 등 중세의 건물이 많이 남아 있다. 옛 지명은 라티스보나, 레기눔, 카스트라 레기나이다.

나가

나가는 인도 신화에 처음 등장했다. 뱀이지만 가끔은 인간의 모습을 취하기도 한다.

『마하바라타』라는 책에서 아르주나는 나가 왕의 아들인 울루피의 구애를 받는다. 그러나 그녀는 신에게 맹세한 서원을 지키고자 했다. 처녀는 그에게 "저의 의무는 불쌍한 사람들을 구하는 것입니다."라고 말했다. 영웅은 그녀에게 하룻밤을 허락했다. 무화과나무 아래에서 명상을 하고 있었기 때문에 부처는 비바람을 맞을 수밖에 없었다. 동정심 많은 나가가 이를 보고 부처의 주변을 일곱 겹으로 싸고 부처의 머리 위로 일곱 개나 되는 머리를 쳐들어서 지붕을 만들어 주었다. 부처는 그를 신앙에 귀의하게 했다.

『인도 불교 입문서』에서 케른은 나가를, 구름을 닮은 뱀이라 정의하고는, 그것이 땅속 깊은 곳에 있는 궁전에 산다고 믿었다. 대승 불교를 믿는 사람들은 이렇게 말한다. "부처가 인간에게 하나의 '법'을 설파했다. 그리고 신에게는 또 다른

'법'을 가르쳤다. 신에게 가르친 ─ 비밀의 ─ '법'은 천국과 뱀들의 궁전에 보관되어 있다. 수 세기 후 뱀들은 이 비밀의 법을 나가르주나라는 승려에게 전했다."

5세기 초에 중국의 순례자 법현(法顯)이 인도에서 수집한 전설 중에는 이런 이야기가 있다.

아소카 왕이 호숫가에 도착했다. 근처에는 탑이 솟아 있었다. 그런데 왕은 더 높은 탑을 짓기 위해서 그 탑을 파괴하기로 마음먹었다. 그러자 브라만 하나가 그를 탑 안으로 데려갔다. 탑 안에 들어가자 브라만은 아소카 왕에게 이렇게 말했다.

"인간으로서의 제 모습은 환각에 불과합니다. 저는 나가이자 용입니다. 과오를 저질러 이렇게 기괴한 생김새를 갖게 되었습니다. 그러나 부처가 일러 준 '법'을 지키면서 자유를 되찾을 날만을 기다리고 있습니다. 당신이 이보다 더 좋은 성전을 꾸밀 수 있다고 믿는다면 이 성전을 부수십시오."

그리고 아소카 왕에게 성전의 조각을 보여 주었다. 왕은 그것을 보고 놀라지 않을 수 없었다. 왜냐하면 그것은 인간이 조각한 것과는 사뭇 달랐기 때문이다. 그는 자신의 생각을 단념하지 않을 수 없었다.

니스나스

플로베르의 『성 앙투안의 유혹』에는 니스나스라는 괴물이 나온다. 이 괴물은 "눈도 하나, 뺨도 하나, 손과 다리도 하나이며, 가슴과 몸통은 반쪽밖에 없는" 괴상한 동물이다. 장클로드 마르골랭이라는 주석가는 이것을 플로베르가 거짓으로 꾸며낸 이야기라고 말했다.

그러나 레인(1839)이 편집한 『아라비안나이트』 1권은 인간과 악마가 교역할 수 있는 게 바로 니스나스 때문이라고 말한다. 레인은 이렇게 적었다. "니스나스는 반쪽 인간이다. 머리도 반쪽이고 몸통도 반쪽이다. 그리고 팔과 다리는 하나뿐이지만 깡충거리며 굉장히 빨리 뛰어다닌다." 그리고 하드라마우트와 예멘의 산림 속에서 고독하게 산다. 그는 분절된 언어를 구사할 수 있다. 어떤 놈은 블레미에스처럼 얼굴이 가슴에 달려 있다. 꼬리는 양과 비슷하며 고기 맛이 아주 좋기 때문에 이를 구하려는 사람이 대단히 많다.

박쥐의 날개를 가진 니스나스의 변종은 라이지 섬(아마 보르네오인 것 같다.)과 중국 국경 지방에 주로 산다. 의심이 많았던 기록자는 이렇게 덧붙였다. "그러나 신만이 모든 것을 아신다."

하드라마우트: 남예멘 동부의 해안 지방.
블레미에스: 에티오피아에 거주하는 호전적인 종족으로 그리스 신화에 등장한다. 플리니우스에 의하면 그들은 머리가 없고 가슴에 눈과 입이 있다.

님프

　파라셀수스는 님프의 거처를 물에 한정시켰다. 그러나 고대인들은 님프를 물의 님프와 육지의 님프로 구분했다. 육지에 사는 님프 중 몇몇 종류는 숲을 주재한다. 하마드리아드는 나무에 숨어 사는데 나무와 운명을 같이한다. 다른 종류들은 영원히 죽지 않거나 수천 년 동안 산다고 한다. 그 외에 네레이데스와 오케아니데스도 있는데 이들은 바다를 다스린다. 강에 사는 님프는 나이아드이다. 그들의 숫자는 정확히 알 수 없지만 헤시오도스는 3000명쯤 될 것으로 추산했다. 그들은 굉장히 아름다운 아가씨들로, 심한 경우 얼핏 보기만 해도 죽을 수 있다. 이는 프로페르티우스가 어느 시구에서 밝힌 내용이다.

　고대인들은 그녀들에게 꿀과 올리브 그리고 신선한 우유를 바쳤다. 그러나 중요도에서는 밀리는 신이었기 때문에 그녀들을 기리기 위한 신전은 하나도 지어지지 않았다.

프로페르티우스: 로마의 시인. 네 권의 시집이 남아 있는데, 대개가 칸티아라는 아름답고 부유한 여인에 대한 열렬한 연정과 사랑의 기쁨, 슬픔, 고뇌, 비애를 노래했다. 후기에는 그리스의 시인 칼리마코스의 영향을 받아 신화나 전설을 도입한 시를 썼다.

노르넨

스칸디나비아의 중세 신화에 등장하는 노르넨은 파르카스(운명의 여신)이다.

13세기 초에 북유럽의 다양한 신화들을 체계적으로 정리한 스노리 스툴루손은 노르넨이 세 명으로 구성되어 있고, 각각의 이름은 '우르스(과거)', '베르찬디(현재)', '스쿨드(미래)'라고 했다. 이는 신화적인 성격을 가미하여 정교하게 다듬은 것이 아닌가 싶다. 옛날 게르만족은 이러한 추상적인 개념에 익숙하지 않았기 때문이다. 스노리는 우리에게 이그드라실이라는 세계수(世界樹)에 근원을 둔 우물의 가장자리에 서 있는 세 처녀에 대해 가르쳐 주었다. 그녀들은 냉혹하게 우리의 운명의 실을 잣고 있다.

(그녀들을 만들어 낸) 시간은 그녀들을 잊어버리는 듯했다. 그러나 1606년경 윌리엄 셰익스피어가 쓴 비극 『맥베스』 1장에서 이들이 다시 출현한다. 그들은 세 명의 마녀로 나타나서 전사들에게 그들을 기다리는 운명을 예언한다. 셰익스피어는

그녀들을 운명의 자매들, 다시 말해서 파르카스라고 불렀다. 앵글로색슨인들 사이에서 신과 인간의 운명을 관장하는 위르드는 침묵의 여신이었다.

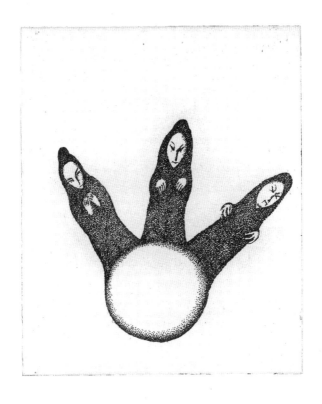

팔기대사(八岐大蛇)

일본의 우주 창조 신화에는 코시 지방에 살았던 머리가 여덟 개나 달린 사나운 뱀이 등장한다. 그 뱀은 눈이 앵두처럼 붉고 등에서는 소나무와 이끼가, 이마 한가운데에서는 가문비나무가 자랐다. 땅을 길 때는 여덟 개의 골짜기와 언덕이 품에 들어왔다. 그의 배는 언제나 피로 얼룩져 있었다.

그는 왕의 딸이었던 일곱 명의 처녀를 칠 년에 걸쳐 잡아먹었다. 그리고 마지막으로 구시나 다히메(櫛名田姬)라는 이름의 막내를 잡아먹으려고 하는데, 스사노 노미코토(素戔嗚尊)라는 신이 나타나서 그녀를 구해 주었다. 그 영웅은 여덟 개의 망루가 있는 거대한 둥근 목책을 만들었다. 그리고 각각의 망루에 청주를 가득 담은 술 항아리를 가져다 놓았다. 팔기대사는 술 항아리에 달려들어 각각의 항아리에 여덟 개나 되는 머리를 처박고 게걸스럽게 술을 마셔 댔다. 술에 취한 팔기대사는 금세 곯아떨어졌다. 그러자 스사노 노미코토가 달려들어 여덟 개의 머리를 모두 잘랐다. 잘려 나간 머리에서 피가 강물처럼 흘렀다. 그는 뱀의 꼬리에서 칼을 한 자루 발견했다.(이 칼은 네쓰덴 신칸(熱田神宮)에 보관되어 있다.) 이 일은 과거에는 "뱀의 산"이라고 불렸고 지금은 "여덟 가지 구름"이라고 불리는 산에서 일어났다. 일본에서 8이라는 숫자는 성스러운 숫자인 동시에 많음을 의미한다. 일본의 지폐에는 뱀의 죽음을 기리는 그림이 있다.

사족을 달자면 페르세우스가 안드로메다와 결혼했듯이 구원자인 영웅은 구원받은 여인과 결혼했다고 한다.

포스트 휠러는 1952년에 뉴욕에서 발간한 『일본인의 성전(聖典)』이라는 책에서, 일본의 우주 창조관과 신관에는 히드라, 게르만 신화의 파프니르, 그리고 인류를 파멸에서 구하기 위해 어떤 신이 핏빛 맥주로 취하게 만들었다는 이집트의 여신 하토르와 비슷한 존재가 등장한다고 말했다.

페르세우스: 제우스와 다나에 사이에서 태어난 아들이다. 에티오피아의 왕녀인 안드로메다가 바다 괴물의 먹이가 되어 죽게 되었을 때 그녀를 괴물로부터 구출하고 아내로 맞았다.

포스트 휠러: 미국의 저널리스트, 외교관, 작가. 『러시아의 불가사의한 이야기』(1910), 『알바니아의 불가사의한 이야기』(1936) 등을 썼다.

파프니르(파브니르): 흐레이드마르의 아들로서, 안드바리라는 소인국(小人國)의 재물을 손에 넣은 아버지와 두 형제를 죽이고 그 재물의 소유자가 되었다. 재물을 보호하기 위해서 용으로 변신했지만 영웅 시구르드에게 살

해당했다.

하토르: 사랑과 미의 여신이지만 대부분 다른 여신과 동일시된다. 하토르라는 이름은 '호루스(이시스와 오시리스의 자식)의 집'이라는 뜻이다.

오드라데크*

어떤 사람들은 '오드라데크'라는 단어의 어원을 슬라브어에서 찾는다. 이 단어의 형성을 어원과 연결시켜서 설명하려는 것이다. 다른 사람들은 독일어에서 어원을 찾으며 슬라브어에서는 영향만을 받았다고 주장한다. 두 해석 모두 불확실하기 때문에 어느 것이 정확하다고는 말할 수 없다. 어쩌면 둘 다 단어가 가진 지적인 의미를 제대로 전달하지 못한다고 볼 수도 있다.

오드라데크라는 것이 실제로 존재했는지를 연구하느라 시간을 허비한 사람은 당연히 없다. 이것은 실을 감는 실패처럼 보이며 납작한 별 모양을 하고 있다. 또 실제로 실로 만들어진 것처럼 보이기도 한다. 낡고 매듭진, 그리고 여기저기 잘려 나간 서로 다른 종류, 다른 색의 실들이 섞여서 만들어진 것처럼 말이다. 그러나 이것을 단순히 실패라고 할 수만은 없

---

* 원제는 독일어로 Die Sorge des Hausvaters(어떤 가장(家長)의 고민)이다.

다. 별 모양의 실패는 가운데를 꿰뚫는 나무 막대가 있고 이 막대에 다른 막대가 직각으로 연결되어 있다. 이 물체는 이렇게 연결된 막대의 도움을 받아야만 마치 두 개의 다리를 가진 듯 똑바로 설 수 있다.

이러한 구조로 보아 예전에는 어떤 기능에 적합한 형태였다가 지금은 어디가 망가진 것으로 보이기도 한다. 그러나 이 이야기가 반드시 맞다고도 할 수 없다. 이 동물은 새롭게 꾸며진 부분도, 그렇다고 망가진 부분도 없다. 하긴 전체가 쓸모없어 보이는 모양새인 것은 사실이다. 그러나 그 나름대로 완성된 모습을 갖추고 있다. 오드라데크는 굉장히 기동성이 뛰어날 뿐만 아니라 잡히지 않기 때문에 더 이상 이런 이야기는 할 수 없을 것 같다.

오드라데크는 광활한 허공이나 계단, 그리고 회랑과 현관 같은 곳에 자리한다. 때로는 아무도 그를 발견하지 못하고 몇 달씩 지나치기도 한다. 그는 빈집을 돌아다니기도 하지만 언제나 우리 집으로 다시 돌아온다. 문을 나서다 계단참에 있는 그를 보면 문득 말을 걸고 싶은 생각이 든다. 당연히 어려운 질문은 던지지 않는다. 오히려 어린아이를 다루듯 ─ 조그만 체구 때문에 그런 감정이 드는 것인지도 모른다. ─ 조심스럽게 묻는다. "이름이 뭐니?" 그러면 오드라데크라고 대답한다. 그리고 "어디에 사니?" 하고 물으면 일정하지는 않지만 침실에서 산다고 대답한다. 그러고는 웃는데 웃음소리에 힘이 없다. 마치 마른 잎이 구르는 듯한 소리가 난다. 보통 대화는 여기서 끝난다. 이런 질문 공세가 계속 이어지는 것은 아니다. 때로는 생긴 모습대로 통나무처럼 침묵을 지키기도 한다.

별 뜻 없이 나는 그에게 무슨 일이 일어날까 하고 자문해

보았다. 죽을 수 있을까? 결국 죽게 되는 모든 것은 죽기 전에
는 어떤 목적을 가지고 있고, 모든 것은 이러한 목적을 이루기
위한 활동을 한다. 그리고 조금씩 삶을 소진시켜 간다. 그러나
이것은 오드라데크와는 관련이 없는 이야기이다. 그렇다면
그는 내 아들의 발 앞에서, 그리고 그 아들의 아들의 발 앞에
서 실 토막을 끌고 계속 계단을 내려갈 수도 있지 않을까? 그
것은 누구에게도 해로운 짓을 하지 않는다. 그러나 그것이 나
보다 더 오래 살지도 모른다고 생각하면 한편으로는 마음이
무겁다.

프란츠 카프카

비를 부르는 새, 상양(商羊)

중국 농민들은 용 외에도 상양(商羊)이라는, 비를 부르는 새가 있다고 믿었다. 상양에게는 다리가 하나밖에 없는데, 옛날에는 상양이 뛰어다니는 것을 보고 비를 예측했다고 한다. 오래전에는 아이들이 눈썹을 찌푸리고 한쪽 다리로 뛰어다니며 "천둥이 치고 비가 올 거야. 상양이 여기에 다시 왔으니까." 라고 노래했다. 전하는 말에 따르면 상양은 강물을 입에 머금고 날아와서 그것을 메마른 대지에 비처럼 뿌린다고 한다.

고대의 한 현인은 그 새를 집에서 길렀는데 가끔씩 소맷부리에 새를 넣어 가지고 다녔다고 한다. 이 상양이 한번은 제나라 세자의 옥좌 앞으로 날개를 흔들며 깡충깡충 걸어갔다는 역사가들의 기록이 있다. 놀란 세자가 신하를 노나라 궁전에 있는 공자에게 보내 자문을 구했다. 공자는 상양이 그 지방 인근에 홍수를 가져올 것이라고 예언했다. 그러니 운하와 제방을 만들어서 홍수에 대비하라고 충고했다. 세자는 공자의 충고를 받아들인 덕에 큰 재앙을 피할 수 있었다고 한다.

팬서

　중세 동물 우화집에서 '팬서'라는 단어는 현대의 동물학에 나오는 육식 포유류와는 상당히 다른 동물을 의미했다. 아리스토텔레스는 그가 풍기는 냄새가 다른 동물을 유혹한다고 말했다. 아엘리아누스 ── 그리스어를 능수능란하게 구사하여 "꿀 같은 혀"라는 별명을 가졌던 라틴 작가 ── 는 인간도 이 냄새를 아주 향기롭게 느낀다고 말했다.(이러한 특성 때문에 몇몇 사람은 이것과 사향고양이를 혼동하기도 했다.) 플리니우스는 이 동물의 등에 둥근 반점이 있는데 달이 둥글게 되듯이 이것이 조금씩 커진다고 말했다. 70인 역 그리스어 성경에서는 '팬서'를 예수를 지칭하는 말로 사용했다.(「호세아」5장 14절.)

　앵글로색슨족의 동물 우화집 『엑서터 서(書)』에는 팬서가 혼자 사는 순한 동물로서 달콤한 목소리와 향기를 지녔으며, 산이나 은밀한 장소에 보금자리를 만든다고 기록되어 있다. 팬서의 가장 큰 적은 용으로 용과 팬서는 쉴 새 없이 싸운다. 팬서는 사흘 밤 동안 잠을 잔다. 그리고 깨어나면 노래를 부른다. 수많은 사람들과 동물들이 들녘과 성, 그리고 도시에서 달콤한 향기와 노랫소리에 이끌려 동굴로 모여든다. 용은 옛날부터 팬서의 적으로 악마를 의미했다. 팬서의 깨어남은 주님의 부활을 의미한다. 그리고 노래를 듣고 찾아온 사람들은 신자들이며 팬서는 그리스도를 의미한다.

이 알레고리가 야기하는 묘한 분위기를 조금 완화하기 위해서 우리는 팬서가 색슨족에게는 흉포한 동물이 아니라, 구체적인 형상이 없는 이국적인 소리였음을 상기해야 한다. 엘리엇의 시 「게론션(Gerontion)」에 언급된 "호랑이 같은 그리스도"라는 표현은 한층 호기심을 자극한다.

레오나르도 다 빈치는 이렇게 기록했다.

아프리카에 사는 팬서는 생김새가 암사자와 비슷하다. 그러나 키가 좀 더 크고 유연해 보인다. 온몸이 백색으로 덮여 있으며, 군데군데 장미 모양의 검은 얼룩이 있다. 이 동물의 아름다움은 다른 동물을 즐겁게 한다. 그렇기 때문에 사납게 노려보지만 않는다면, 다른 동물들은 이 동물의 주위를 돌아다닌다. 이것을 잘 아는 팬서는 눈을 내리깔고 다닌다. 그러다가 동물들이 자신의 아름다움을 감상하기 위해 가까이 접근하면 가장 가까이 온 것을 잡아먹는다.

『엑서터 서(書)』: 중세 전기 영어 시들의 사본(寫本)을 수집한 책. 975년경의 책이라고 하며, 영국 드본 주 엑서터(영국 남서부의 상업 도시)의 사교(司敎)였던 레오플릭이 1060년경에 엑서터 시의 교회당에 이 책을 남겨 두었는데 이것이 오늘날까지 전해지고 있다.

토머스 스턴스 엘리엇: 미국에서 태어나 영국으로 귀화한 19~20세기의 시인, 비평가. 자신을 정치적으로는 왕당파, 문학적으로는 고전주의자, 종교적으로는 영국 국교도로 규정했다. 시 작품으로 『황무지』, 시극으로 『칵테일 파티』 등을 남겼다.

펠리컨

일반 동물학에서 펠리컨은 날개 길이가 2미터 정도 되는 물새의 일종이다. 이 새의 부리는 넓고 길쭉하며 그 안쪽에는 붉은 점막이 덮여 있어, 물고기를 담는 주머니처럼 보인다. 그러나 우화에 나오는 펠리컨은 크기가 이보다 작고 부리 역시 짧고 날카롭다. 이름에 걸맞게 새끼 때 처음 나오는 깃털은 하얀색이지만 두 번째 나오는 깃털은 노란색이나 푸른색이다. 생김새보다도 습관이 더 독특하다.

어미 새는 부리와 발톱으로 새끼를 어루만지는데 그 정도가 너무 심해서 결국은 새끼를 죽이고 만다. 그로부터 사흘이 지나면 아비 새가 날아온다. 아비 새는 새끼들이 죽은 것을 보고 절망하여 가슴을 쥐어뜯는다. 이때 아비 새의 가슴에서 흘러나온 피를 마시고 새끼들이 부활한다. 이것이 대부분 중세의 동물 우화집에 나오는 내용이다. 그러나 성 제롬은 「시편」 102장("나는 마치 사막 속의 사다새같이 마치도 폐허 속의 올빼미처럼")에 대한 주해에서 펠리컨(사다새) 새끼의 죽음을 뱀의 탓으로 돌렸다. 그렇지만 펠리컨이 가슴을 쥐어뜯어 죽은 새끼들에게 자기 피를 먹여 살려 낸다는 이야기는 모든 우화에 공통된다.

죽은 자들에게 새로운 생명을 주는 피는 성체와 십자가를 암시한다. 『신곡』의 「천국편」(제25곡 113행)에도 예수 그리스도는 우리의 펠리컨이라고 묘사되었다. 이몰라의 벤베누토라는 라틴 작가 역시 이렇게 기술했다. "그는 가슴을 찢고 그 피로 자기 새끼들을 구한 펠리컨처럼, 우리를 구하기 위해서 옆구리에 창상을 입으셨기 때문에 펠리컨이라고도 불린다. 그런데 이 펠리컨은 이집트의 새이다."

펠리컨의 이미지는 주로 사원의 메시지 전달자로서 이용된다. 그리고 아직도 성체 용기에는 펠리컨의 모습이 새겨진다. 레오나르도 다 빈치는 『동물지』에서 펠리컨을 이렇게 정의했다.

새끼들을 무척 사랑한다. 그런데 새끼가 둥지에서 뱀에게 물려 죽은 것을 발견하면 자신의 가슴을 쥐어뜯어 그 피로 새끼들을 목욕시킨다. 그러면 새끼들이 다시 생명을 얻는다.

페르티 베르나르의 펠루다

중세 때 펠루다는 잔잔한 위슨 강변을 배회하고 다녔다. 이 동물은 노아의 방주에 들어가지 못했음에도 홍수를 피해 살아남았다. 크기는 황소만 하고, 뱀의 머리에 몸뚱이는 푸른 털로 덮여 있다. 모양은 둥글둥글하다. 날카로운 가시가 있으며 이 가시에 찔리면 생명이 위태롭다. 발은 거북의 발처럼 넓적하며, 뱀같이 생긴 꼬리로는 사람이나 동물을 죽일 수 있다. 이 동물은 화가 나면 화염을 내뿜는데, 이 화염으로 곡물을 태울 수도 있다. 이것은 저녁이 되면 외양간을 털러 내려온다. 농부들이 이 동물을 쫓아가면 위슨 강에 몸을 숨기는데, 그 때문에 강물이 범람한다.

이 동물은 순결한 존재를 잡아먹는다. 즉 처녀들이나 아이들을 좋아한다. 어느 날 이놈이 코르데리타라는 가장 순결한 처녀를 선택하여 그녀를 잡아먹었다. 그녀의 피는 위슨 강을 피로 물들였다. 제물이 된 처녀의 애인은 펠루다의 유일한 약점인 꼬리를 칼로 잘라 버렸다. 그러자 괴물은 즉사했고 미라

로 만들어졌다. 마을 사람들은 펠루다의 죽음을 축하하기 위
해 북을 치고 피리를 불며 춤을 추었다.

페르티 베르나르: 위슨 강 위쪽에 자리한 프랑스 북서부
의 도시. 파리 남서쪽에 있다.

코르데리타: 새끼 양을 의미한다.

페리톤

    에리트레아의 사제 시빌라는 로마가 페리톤에 의해 파괴
될 것이라는 신탁을 받았다고 확신했던 듯하다.

    642년 위에서 언급한 신탁의 내용이 사라졌을 때(우연히
불타 버렸다.) 이것의 복원을 맡았던 사람이 이 예언 부분을 빠
뜨려 버렸다. 그래서 복원된 신탁에는 이 동물과 관련된 부분
이 빠져 있다.

    고대의 기록이 지나치게 모호한 탓에 이 동물의 세세한 부
분을 알기 위해서는 좀 더 명확한 근거가 되는 원전을 찾아야
했다. 많은 변천을 겪은 뒤에, 16세기에 페즈 태생의 랍비(아
마도 아론 벤 카임인 것 같다.)가 남긴 역사 논문이 있다는 사실이
알려졌다. 거기서 그는 지금은 잃어버린 그리스 학자의 글을 인
용했다. 그 글에는 확실히 오마르에 의해서 알렉산드리아 도서
관이 불타기 전에 있던, 신탁에서 받은 페리톤에 대한 역사적
기록들이 있었다. 그 그리스 학자의 이름은 우리에게 전해지지
않지만 그가 언급한 구절은 다음과 같다.

페리톤은 아틀란티스에 살며 반은 사슴이고 반은 새의 모습을 하고 있다. 머리와 발은 사슴을 닮았지만 몸통은 완벽하게 새를 닮아서 날개와 깃털이 있다.

태양이 비치면 그들은 자신의 모습에 따른 그림자를 만들어 내는 것이 아니라 인간의 모습을 닮은 그림자를 만들어 낸다. 바로 이러한 점 때문에 몇몇 사람들은 페리톤이 신의 가호를 받지 못하고 죽어 간 사람들의 영혼이라고 믿었다.

……마른 흙을 먹는 것을 보고 놀라지 않을 수 없었다. 그리고 가끔은 헤라클레스의 기둥이 있는 곳에서 하늘 높이 떠 있는 그들을 발견할 수 있었다.

……인간에게 그들은 두려운 존재이다. 인간을 죽이면 그들의 그림자는 바로 제 모습을 찾는다. 즉 신의 호의를 다시 얻는 것이다.

……스키피오와 함께 카르타고를 정복하기 위해서 강을 건너던 병사들의 모든 계획이 수포로 돌아갈 뻔했다. 왜냐하면 강을 건너는데 페리톤 한 떼가 나타나서 수많은 사람들을 죽였기 때문이다. ……우리의 무기는 그들 앞에서 무용지물이었지만 그 동물이 죽일 수 있는 건 한 사람뿐이었다.

……페리톤은 제물의 피에 집착한다. 그리고 배가 부르면 하늘 높이 날아서 도망간다.

……몇 년 전 그들의 모습을 본 라벤나 사람들의 말에 따르면 그들의 깃털은 하늘색이었다고 한다. 이러한 사실에 나는 크게 놀랐다. 왜냐하면 내가 읽은 내용에 따르면 이들의 색깔은 아주 진한 푸른색 계통이었기 때문이다.

여기에는 상당히 구체적으로 기술되어 있지만, 유감스럽

게도 오늘날까지 페리톤에 대해서는 다른 정보가 전해지지 않는다.

이러한 설명을 가능하게 해 준 랍비의 책은 2차 세계 대전 직전까지는 뮌헨 대학 도서관에 보관되어 있었다. 너무 가슴 아픈 일이지만, 공습으로 인해서인지, 아니면 나치스들의 소행인지 이 책도 유실되었다.

만일 두 번째 이유로 사라진 것이라면 언젠가 세계 어느 도서관에서든 이 책이 다시 나타나기를 빌어 마지않는다.

에리트레아: 에티오피아 북부, 홍해 지역.

시빌라: 그리스, 로마, 이집트 등의 신화에 나오는 신탁을 고하는 무녀들. 본래는 고유 명사였지만 기원전 4세기경부터 여러 명이 된 듯하다. 로마에서 전해지는 전설에 따르면, 로마 왕 타르퀴니우스에게 아홉 권의 책을 팔고자 하는 시빌라가 있었는데, 왕이 거절할 때마다 그녀가 책을 세 권씩 불태워 버리자 마지막 남은 세 권을 왕이 샀다고 한다. 그중에는 로마의 운명이 기록된 책도 포함되어 있었다고 한다.

오마르: 사라센 제국의 기반을 닦은 제2대 칼리프 오마르 1세를 가리킨다. 640년에 알렉산드리아를 공략했고 장군 아무르에게 명령하여 알렉산드리아 도서관의 장서를 불태워 버렸다.

헤라클레스의 기둥: 그리스 시대에는 지브롤터 해협의 동쪽 입구에 있는 두 개의 곶(에우로파 곶과 알미나 곶)을 헤라클레스의 기둥이라고 불렀고, 아틀라스가 이것

을 지주(支柱)로 하여 하늘을 떠메고 있다고 여겨졌다.

스키피오: 여기서는 수많은 전적을 올린 로마의 정치가이자 장군으로서 기원전 146년에 카르타고를 정복한 소(小)아프리카누스를 지칭하는 듯하다.

라벤나: 이탈리아의 에밀리아로마냐 자치 지역.

피그미

고대인들은 이 난쟁이들이 인도의 국경 지대와 에티오피아에 살고 있다고 믿었다. 이들이 달걀 껍질로 집을 짓는다고 주장하는 작가도 있다. 아리스토텔레스는 그들이 지하에 동굴을 파고 산다고 말했다. 그들은 곡식을 거두어들일 때도 열대림을 벨 때처럼 도끼를 사용한다. 그리고 적당한 크기의 양이나 염소를 타고 다닌다. 시베리아의 평원에서 날아온 두루미 떼들은 매년 그들을 습격한다.

피그미는 신의 이름이기도 하다. 카르타고 사람들은 적군에게 겁을 주기 위해 이 신의 얼굴을 전투용 배의 뱃머리에 새기곤 했다.

키마이라

　『일리아드』 6권에 처음 언급된 키마이라에 대한 기록은 이러하다. 이것은 신의 혈통을 이어받은 것으로 앞부분은 사자를 닮았고 중간 부분은 암산양을 닮았으며 마지막 부분은 뱀을 닮았다. 입으로는 불을 내뿜는다.

　신이 말한 대로, 글라우코스의 아들인 귀공자 벨레로폰이 키마이라를 죽였다. 사자 머리에 산양의 배, 그리고 뱀의 꼬리는 호메로스의 이야기에 나오는 키마이라의 모습이다. 헤시오도스는 『신통기(神統記)』에 키마이라의 머리가 세 개나 된다고 기록했다. 5세기에 제작된 아레초의 청동 조각에 키마이라가 그런 모습으로 형상화되어 있는 것도 이 때문이다. 즉, 등 한복판에는 암산양의 머리가 돌출해 있고, 양쪽에 뱀과 사자의 머리가 있는 것이다.

　『아이네이스』 6권에 "불꽃으로 무장한 키마이라"의 모습이 다시 등장한다. 베르길리우스의 주석가인 세르비우스 호노라투스는 작가들의 이야기를 모두 종합하여, 이 괴물이 리키아에서 왔다고 주장했다. 이 지역에는 키마이라라는 이름의 화산이 있다. 산기슭에는 뱀이 많이 서식하며, 산중턱의 넓은 초원에는 초원이 넓게 펼쳐져 있어서 산양이 많이 산다. 산꼭대기에서는 아직도 화염이 솟구치는데 바로 이곳에 사자들이 보금자리를 만들어 놓았다고 한다. 키마이라는 이렇듯 묘한 형세를 상징한다는 것이다. 플루타르크는 이런 말을 하기도 했다. "키마이라는 자기 배의 이물에 사자와 산양, 뱀을 그려 놓았던 해적 선장의 이름이다."

이러한 터무니없는 추측은 키마이라가 이미 사람들을 피곤하게 만들고 있었음을 반증한다. 따라서 키마이라를 다른 사물로 해석하는 것이 그것을 상상하는 것보다 더 용이했을 것이다. 한마디로 그것은 지나치게 이질적인 것들의 집합이다. 사자와 산양 그리고 뱀(어떤 텍스트에서는 뱀 대신 용이라고도 한다.)이 합쳐져서 하나의 동물이 된다는 것은 쉬운 일이 아니다. 시간의 흐름과 함께 키마이라는 "기상천외한 것"(에스파냐어로 lo quimérico, 영어로 chimerical)이 되어 갔다. 라블레의 유명한 풍자("허공에서 너울대는 키마이라가 2차 개념을 집어삼킬 수 있을까?")는 이러한 전이를 잘 보여 준다. 오늘날에는 어울려 보이지 않는 이 형태는 사라지고, 단지 단어만 남아서 불가능한 것을 지칭하는 말이 되었다. '엉뚱한 생각', '쓸데없는 상상'이 오늘날 사전에 나오는 키마이라의 정의이다.

아레초: 이탈리아 중부 토스카나에 있는 도시.

호노라투스: 4세기 로마의 학자.

리키아: 소아시아 남서부에 존재했던 고대 국가의 이름.

라블레: 르네상스 문학의 대표자. 종교 개혁에 참여하여 가톨릭 교회의 부패를 공격했고, 비판 정신을 가지고 풍자가 넘치는 작품을 썼다. 1권부터 5권까지 있는 『가르강튀아와 팡타그뤼엘 이야기』는 너무나 유명하다.

라블레의 풍자: 『팡타그뤼엘 이야기』의 2권 7장에 열거되어 있는 책 이름의 일부. '2차 개념'은 3권 12장에 있는 말이다.

레모라

'레모라'는 '장애'라는 뜻을 지닌 라틴어로, '데모라'와 그 의미가 같다. 이 단어의 정확한 의미는 바로 이것으로, 이 동물은 선박을 지연시키는 특성이 있다. 이것은 시간이 흐르면서 에스파냐어로 변화되었다. 본래 의미에서 레모라는 물고기를 가리키지만, 비유적인 의미에서는 '장애물'을 의미한다. 레모라는 잿빛 물고기이다. 머리와 목덜미 부분에 있는 연골로 된 타원형 빨판을 진공 상태로 만들어서 다른 수중 물체에 달라붙는다. 플리니우스는 이것의 특성과 능력을 이렇게 기술했다.

레모라라고 불리는 물고기가 있는데 그것은 돌맹이 사이를 돌아다니는 습성이 있다. 그리고 이 물고기는 선체와 노에 달라붙어서 배가 느리게 움직이도록 만든다. 레모라라는 이름이 붙은 것도 이러한 특성 때문이다. 그리고 바로 이러한 이유로 재판이나 소송을 지연시키는 불명예스러운 요술쟁이로 여겨지기도 했다. 그러나 이러한 나쁜 짓 외에 가끔은 착한 일도 하기 때문에, 이것에 대한 악감정이 많이 반감될 수 있었다. 예를 들면 레모라는 출산 때까지 태아가 배에서 나오지 못하게 막는다고 한다. 이것은 식용으로는 사용되지 않는다. 아리스토텔레스는 이 물고기에게 발이 있다고 생각했다. 수많은 비늘 사이에 발이 달려 있으리라 믿었던 것이다. 트레비오 네그로는 이 물고기가 다섯 손가락 굵기의 기다란 발을 가지고 선박의 진행을 더디게 만든다고 말했다. 또 이 물고기를 소금에 보관했다가 물에 집어넣으면, 깊은 연못에 떨어진 금을 몸에 붙여서 나온다고 한다.*

플리니우스는 레모라가 로마 제국의 운명을 결정했다고 말했다. 즉 레모라가 악티온 해전에서 당시에 마르코스 안토니우스가 수병들을 독려하던 전투용 배를 지연시킴으로써 제국의 운명을 바꾸었다는 것이다. 또한 400여 명에 달하는 노젓는 사람들이 필사적으로 노력했음에도 불구하고 레모라 때문에 칼리굴라의 배가 출발하지 못했다고 한다. 플리니우스는 소리쳤다. "바람이 불고 태풍이 일기 시작한다. 그러나 레모라는 분노를 억누르고 있다. 그리고 배들이 떠나지 못하게 붙잡아 둔다. 가장 무거운 닻과 닻줄로도 할 수 없는 것을 레모라는 한다."

디에고 데 사베드라 파하르도는 "언제나 힘이 강한 쪽이 이기는 것은 아니다. 작은 레모라도 배를 지연시킬 수 있다."

* 9권 41장.

라고 말했다.*

데모라: '지연(遲延)'이라는 의미이다.

칼리굴라: 로마의 황제. 즉위 초기에는 선한 황제로 추앙받았으나 중환을 앓고 난 뒤 성격이 변하여 잔학해지고 낭비가 심해졌다. 나중에는 자신의 신성(神性)까지 주장하여 이집트에서 살해당했다.

디에고 데 사베드라 파하르도: 16~17세기 에스파냐의 외교관, 문인.

*『정치의 표장』.

C. S. 루이스의 상상 파충류

인간의 모습을 한 진홍색 무언가가 불빛 속에서 천천히, 벌벌 떨면서, 부자연스럽게, 인간이라고는 볼 수 없는 형태로 변했다. 그것은 동굴에서 나와 바닥으로 구물구물 기어 왔다. 물론 그것은 인간이 아니었다. 그것은 부러진 다리를 질질 끌고 시체의 것 같은 아래턱을 드러내며 몸을 일으켜 세웠다. 그러자 뒤이어 구멍에서 다른 것이 나타났다. 나뭇가지같이 생긴 것이 나오더니 그다음에는 일고여덟 개의 반짝거리는 점이 별자리처럼 불규칙하게 무리를 이루었다. 다음에는 마치 일부러 광을 낸 듯 붉은색 반짝임을 반사하는 관처럼 생긴 것들이 한 무더기 나왔다. 나뭇가지 같던 것이 갑자기 기다란 촉수로 변했다. 그리고 반짝이는 점들이 눈꺼풀이 덮인 수많은 눈으로 변하는 것과 실린더처럼 생긴 몸통이 따라 나오는 것을 보고 그는 놀라서 정신을 잃을 뻔했다. 계속해서 끔찍하게 생긴 각진 물건이 나왔다. 그리고 수많은 관절로 연결된 다리가 나왔다. 이제는 전신이 다 드러났구나 생각한 순간,

두 번째, 세 번째 몸통이 모습을 드러냈다. 그것은 세 부분으로 나뉘어 있었다. 그리고 각각은 개미 허리같이 가느다란 것으로 연결되어 있었다. 세 부분은 연결된 것처럼 보이지 않았다. 그리고 꽉 밟혀서 뭉개진 듯한 인상을 주었다. 이 동물은 기괴한, 그러나 엄청나게 큰, 다리가 많은 괴물이었다. 이것은 인간의 형체를 한, 인간이 아닌 것 바로 뒤에 서 있었다. 이 두 동물은 그들 뒤의 바위 벽에 무서운 그림자를 너울거리며 협박하듯 서 있었다.

C. S. 루이스, 『페렐란드라』, 1949

불의 왕과 그의 말

헤라클레이토스는 만물의 중요한 기본 원소 중 하나가 '불'이라고 가르쳤다. 그러나 이것은 불의 실체나 불꽃의 변이 따위를 상상하는 것과는 차원이 다르다. 윌리엄 모리스는 거의 불가능한 이 개념을 정립하기 위해 애썼다. 그는 『지상의 낙원』에 삽입된 "베누스에게 바친 반지"라는 글에서 이렇게 기술했다.

그 영지의 주인이었던 그는 위대한 왕으로, 왕관과 홀을 가지고 있네. 그의 얼굴은 하얀빛으로 찬란하게 빛나며, 마치 대리석을 깎아 놓은 것처럼 보였네. 그러나 그분은 모습을 변화시킬 수 있는 불꽃이시네. 육신으로 이루어진 분이 아니라네. 욕망과 증오, 그리고 두려움으로 가득 차 있네. 그 백성들의 얼굴이 그랬던 것처럼. 그러나 그보다 열 배는 더 무섭다네. 그분의 말[馬] 또한 이상한 모습을 하고 있었네. 말이라고 할 수도 없고, 그렇다고 용도 아니며, 히포그리프라고 할 수도 없다네.

이러한 동물들을 닮은 것 같기도 하지만 어찌 보면 전혀 닮지 않았네. 꿈속에 등장하는 것처럼 자꾸 모습이 변하네.

앞의 문장에서 우리는 '죽음'을 애매모호하게 의인화했던 『실낙원』(2장 666~673절)의 영향을 엿볼 수 있다. 머리에는 왕관을 쓰고 몸은 형체를 알아볼 수 없게 자꾸 바뀐다는 점이 바로 그러한 추론을 가능하게 한다.

헤라클레이토스: 고대 그리스의 철학자. 만물의 근원을 "영원히 사는 불"로 보고 모든 것은 영원히 생멸(生滅)하고 변화한다고 설명했다. 저서로 『만물에 대하여』가 있다.

윌리엄 모리스: 19~20세기에 활동한 영국의 시인, 공예가, 사회주의자. 중세를 예찬했고, "미술을 위한 미술"이 아닌 실생활을 아름답게 하는 종합적인 예술을 주장하면서 일상생활 속에서 수공예에 의한 장식 미술을 살리자고 제창했다. 켈름스코트 인쇄소를 설립하여 활자의 개선에 기여했으며, 사회주의자 동맹을 설립하기도 했다. 작품으로 『지상의 낙원』이 있다.

살라만드라(불도마뱀)

살라만드라는 불 속에 사는 작은 용이다.(왕립 아카데미 사전의 착각이 아니라면.) 또한 윤기가 흐르는 짙은 검은색 껍질에 노란 대칭형 반점이 군데군데 수놓아진, 곤충을 잡아먹는 양서류이기도 하다. 이 두 가지 중에서 사람들에게 더 많이 알려진 것은 우화적인 요소일 것이다. 그리고 이 책에 살라만드라라는 동물을 포함시킨 것에 대해서 놀라는 독자는 아마 없을 것이다.

플리니우스는 『박물지』 10권에서 살라만드라의 몸은 지독하게 차가워서 그의 몸이 닿기만 해도 불이 저절로 꺼져 버린다고 썼다. 21권에서는 살라만드라가 요술쟁이들이 준 이러한 특성을 진짜 가지고 있다면 화재를 진압하는 데 유용할 거라고 했고, 11권에서는 날개가 달리고 발이 네 개인, 피랄리스 또는 피라우스타라는 동물에 대해 언급했다. 이 동물은 키프로스의 용광로 불 속에 살며 공기 중에 나와서 날면 금세 떨어져 죽고 만다. 살라만드라에 대한 두 번째 신화는 이처럼 잊힌 동물의 신화와도 연결된다.

피닉스가 육신의 부활을 증명하려는 신학자들과 연결된다면, 살라만드라는 불 속에서도 육신이 버틸 수 있음을 보여주는 실례이다. 성 아우구스티누스의『신국론(神國論)』11권에는 "육신이 불길 속에서도 영원할 수 있다면"이라는 소제목이 붙은 글이 있다.

원기왕성하게 살아 있는 인간의 육체는 죽음과 함께 해체되어 용해되는 게 아니라, 영원한 불길 속에서 고통을 받고 살아야 한다. 그러나 이것을 믿지 못하는 사람들을 설득하려면 무엇을 보여 주어야 할까? 그런 사람들은 우리가 신은 전지전능한 능력이 있다고 이야기하는 것조차 탐탁지 않게 여기기 때문에, 어떤 직접적인 예를 보여 주어야 한다. 이러한 사람들에게는 불 속에 살면서 괴로움을 받는 타락한 동물이 있다는 것을 말해 주고 싶다.

시인들은 살라만드라나 피닉스를 수사학적으로 이용했다. 아름다운 "사랑의 힘"을 노래한『에스파냐의 파르나소』4장에서 케베도는 이렇게 읊었다.

너울대는 불길 속의 피닉스에게 진실을 이야기했네.
나 역시 불길 속에서 다시 새롭게 태어나고,
나는 증명하리라, 불의 활력을,
그리고 그것은 만물의 아버지이며 후계자가 있음을.

진실을 왜곡하는 차가운 살라만드라를

나는 감히 지키려고 했네.

나의 가슴은 갈증을 마시며

불길 속에서 살고 있다네, 아무런 느낌 없이.

12세기 중반, 왕 중의 왕인 아비시니아의 프레스터 존이 비잔틴 황제에게 보냈다는 엉뚱한 편지가 유럽 대부분의 나라에 돌기 시작했다. 기적에 대한 목록이 담긴 이 서한에는 괴물의 형상으로 금을 캐는 개미와, 돌로 된 강, 살아 움직이는 물고기들이 가득 찬 모래 바다, 왕국에서 일어나는 모든 일을 비추는 거울, 에메랄드가 박힌 왕의 홀, 투명성을 부여하는, 혹은 밤을 밝히는 돌멩이에 대한 이야기가 나온다. 그런데 이 편지의 한 구절에 이런 이야기가 있다. "우리 왕국에는 살라만드라라고 불리는 것이 있다. 살라만드라는 불 속에서 살며 누에고치를 만드는데, 왕궁의 귀부인들은 이것으로 실을 자아서 천을 짜거나 옷을 만드는 데 사용한다. 이 실을 씻거나 깨끗이 빨기 위해서는 불 속에 던져야 한다."

깨끗이 빨기 위해서는 불에 던져야 하는, 불에 타지 않는 천 조각에 대해서는 플리니우스(19권 4장)와 마르코 폴로(1권 39장)도 언급한 바 있다. 마르코 폴로는 이렇게 말했다. "살라만드라는 물질이지 동물이 아니다." 처음에는 그의 이야기를 믿은 사람이 아무도 없었다. 석면으로 만들어진 천이 살라만드라의 가죽으로 만들어진 양 팔렸다. 그런데 이 천이 살라만드라의 존재를 확증하는 역할을 했다.

벤베누토 첼리니는 『벤베누토 첼리니의 생애』라는 책에서 다섯 살 때 불 속에서 조그만 동물이 놀고 있는 것을 보았다고 말했다. 그것은 도마뱀과 비슷한 형상을 하고 있었다. 그래서 아버지에게 말했더니 아버지가 살라만드라라는 동물이라고 말했다. 그러고는 쉽게 볼 수 없는 그 놀라운 광경을 기억에 새기도록 그를 때리기까지 했다.

연금술에서 살라만드라가 상징하는 바는 불의 정령이다. 키케로가 『자연 과학』 1권에 수록한 아리스토텔레스의 논의에는 인간이 왜 살라만드라를 믿는지 그 이유가 나온다. 시칠리아의 의사였던 아그리겐툼 엠페도클레스는 '사물의 뿌리'가 되는 4원소에 대한 이론을 정립했다. 그는 불화와 사랑으로 인한 4원소의 결합과 분해가 우주의 역사를 만든다고 주장했다. 그의 이론에 따르면 죽음이라는 것은 존재하지 않는다. 라틴 사람들이 '원소'라고 불렀던 '뿌리'의 분자가 있어, 이것들이 서로 분리되는 것뿐이다. 4원소는 불과 흙, 공기와 물이다. 이것은 창조되는 것이 아니며 서로 비슷한 힘을 가지고 있다. 요즘 우리는 이 원리가 거짓이라는 것을 잘 안다.(혹은 안다고 믿는다.) 그러나 우리는 이 원리가 귀중한 것이고 일반적으로 유용한 것으로 인정된다는 사실 또한 안다.

테오도어 곰페르츠는 "이 세상을 형성하고 유지하는, 그리고 시와 일반적인 상상력 안에서 영원히 살아 있는 4원소의 역사는 길고도 우스꽝스럽다."라고 기록했다. 엠페도클레스의 원리는 이 4원소의 균형을 요구한다. 흙이나 물로 된 동물이 있다면 당연히 불로 된 동물도 있어야 한다는 것이다. 그리고 과학의 존엄성을 살리기 위해서는 살라만드라가 있어야 한다. 다른 항목에서 우리는 아리스토텔레스가 어떻게 공기로 만들어진 동물을 상상해 내는지 보게 될 것이다.

레오나르도 다 빈치는 살라만드라가 불을 먹고 살며, 그 불이 껍질을 바꿀 수 있는 힘을 주었다고 믿었다.

아비시니아: 에티오피아의 옛 이름.

프레스터 존: 중세에 아시아 혹은 아프리카에서 강대한 기독교 국가를 건설했다고 전해지는 전설 속의 왕. 마르코 폴로에 의하면 아시아에서는 타타르의 왕 우르칸에 해당되고, 아프리카에서는 14세기 혹은 15세기의 에티오피아의 왕에 해당되는 듯하다고 한다.

벤베르토 첼리니: 16세기 이탈리아의 조각가, 금속 공예가, 문학가. 르네상스 후기의 피렌체파에 속한다. 미켈란젤로의 제자이다. 파란만장했던 자신의 생애를 기록한 자서전 『벤베누토 첼리니의 생애』를 저술했다. 이 책은 영국, 독일, 프랑스에서 번역되어 르네상스 시기 피렌체의 생활을 보여 주는 작품으로 널리 알려졌다.

아그리겐툼: '아그리젠토'의 옛 이름. 이탈리아의 시칠리아 섬 남서안에 위치한 옛 도시.

엠페도클레스: 고대 그리스의 철학자. 우주의 만물은 불생(不生), 불멸, 불변의 4원소, 즉 물, 불, 흙, 공기로 이루어지며, 이것들이 '사랑'과 '불화'의 힘으로 결합하고 분리되면서 여러 가지 사물이 태어나고 사멸한다고 주장했다.

테오도어 곰페르츠: 18~19세기에 활동한 독일의 철학자, 고전학자. 『J. S. 밀 전기』, 『고대 철학사』 등을 저술했다.

사티로스

그리스인들이 사티로스라고 불렀던 것을 로마인들은 파우누스, 판, 실바누스라고 불렀다. 사티로스는 하반신은 산양과 비슷하고, 몸통과 팔 그리고 얼굴은 인간과 비슷하며, 털이 무척 많다. 그리고 이마에는 조그만 뿔이 있으며, 귀는 뾰족하고, 코는 매부리코이다. 그리고 언제나 색(色)을 밝히며 술에 절어서 지낸다. 사티로스는 바쿠스 신을 따라서 즐거운 인도 정복에 나섰다. 그리고 이들은 언제나 님프들에 둘러싸여 지낸다. 그들은 님프들이 추는 춤을 즐기며 플루트를 멋지게 연주한다. 농부들은 그들을 존경하고 그들에게 처음으로 수확한 곡물과 양을 제물로 바친다.

이 반신반인(半神半人)은 술라의 병사들에 의해서 테살리아의 동굴에 갇히게 되었다. 병사들이 그를 대장에게 데려가자 그것은 듣기 싫은 소리를 냈다. 그 소리가 너무 듣기 싫었던 술라는 즉각 그를 산속으로 돌려보내라고 명령했다.

사티로스 이야기는 중세의 악마 이미지에 영향을 미쳤다.

루키우스 코르넬리우스 술라: 고대 로마의 정치가, 장군. 귀족 출신으로서 귀족파의 대표였다.

테살리아: 그리스 반도 중동부를 차지하는 지방. 기원전 4세기에서 기원전 2세기까지는 마케도니아가 지배했다.

열을 가진 생명체

　　몽상가이자 신지학자(神智學者)였던 루돌프 슈타이너는 지금의 지구가 되기 이전, 우리 행성은 태양기를 거쳤고 그 전에는 토성기(土星期)를 거쳤다고 믿었다. 현재의 인간은 물리적인 육체와 에테르적인 육체, 천체로서의 육체, 마지막으로 '나'로서의 육체로 구성되어 있지만 토성기 초기에는 물리적인 육체에 지나지 않았다고 그는 말한다. 물리적인 육체는 보이지도 않았고 만질 수도 없었다. 왜냐하면 당시 지구에는 고체도 액체도 기체도 없었기 때문이다. 온도, 달리 말하면 '열이라는 형태'만 존재하면서 여러 가지 색깔로 우주 공간에서 정형적인 혹은 비정형적인 모습을 드러냈다. 각각의 인간, 그리고 각각의 존재는 변화하는 온도에서 만들어졌다. 슈타이너에 주장에 따르면 토성기에 살았던 인류는 시각도 청각도 촉각도 없는 화기(火氣)와 한기(寒氣)의 결합 형태였다고 한다. 『감추어진 과학에 대한 소묘』라는 그의 작품에는 "연구자에게 열이라는 것은 가스보다 더 미묘한 물질일 뿐이다."라는

구절이 있다. 태양기 이전에는 불의 정령 혹은 대천사가 그러한 '인간'의 육체에 생명을 불어넣었다. 인간의 육체는 그때부터 빛을 내며 반짝거리기 시작했다.

루돌프 슈타이너는 꿈을 꾸었던 것일까? 언젠가 시간의 심연에서 이런 일이 일어난 적이 있었기 때문에 그런 꿈을 꾼 것일까? 확실한 것은 이것이 다른 우주 발생설에 나오는 조물주나 뱀, 황소보다도 더 불가사의하다는 것이다.

루돌프 슈타이너: 오스트리아 태생의 철학자, 과학자, 예술가. 신지학협회(神智學協會)에 속해서 활동하다가 초물질적인 존재를 주장하면서 인지학협회(人智學協會)를 창립했다. 『영(靈)의 활동의 철학』을 시작으로 많은 책을 저술했으며, 괴테의 편집자, 연구자로서도 유명하다.

실프

그리스인이 물질을 형성하고 있다고 믿는 네 가지 근원 혹은 원소들 각각은 정령과 상관관계가 있다. 16세기 스위스의 연금술사이자 의사였던 파라셀수스는 자신의 작품에서 기본적인 네 가지 정령을 묘사했다. 즉 대지의 정령인 놈과 물의 정령인 님프, 그리고 불의 정령인 살라만드라와 공기의 정령인 실프 혹은 실피데스가 그것이다.

실프는 그리스어에서 온 단어인데, 리트레는 '실프'의 어원을 켈트족의 단어에서 찾았다. 그러나 정작 그 이름을 붙인 파라셀수스가 켈트의 언어를 알았던 것 같지는 않다.

요즘 실프의 존재를 믿는 사람은 아무도 없다. "실피데의 모습(figura de sílfide)"이라는 말은 날씬한 여인을 가리키는 진부한 칭찬이 되어 버렸다. 실프는 물질로 이루어진 것과 물질로 이루어지지 않은 것 사이에 존재한다. 낭만주의 시와 발레에서는 이러한 소재를 받아들이고 있다.

막시밀리앙 폴 에밀 리트레: 프랑스의 언어학자, 철학자. 콩트의 실증주의를 계승했다. 방대하고 정밀한『프랑스어 사전』을 편찬하여 사전의 기본을 구축했다.

시무르그

시무르그는 지식의 나무(tree of knowledge)에 둥지를 트는, 죽지 않는 새이다. 버턴은 『신(新)에다』에 따라 시무르그를 만물에 대한 지식을 소유하며 이그드라실이라는 세계수(世界樹)에 둥지를 튼다는 스칸디나비아의 독수리에 비교했다.

사우디의 『탈라바』(1801)와 플로베르의 『성 앙투안의 유혹』(1874)에는 시모르그 안카에 대한 이야기가 나온다. 플로베르는 이 새를 시바 여왕의 시종으로 격하시켰다. 그리고 이 새를 금속성의 노란 깃털에 인간의 머리, 그리고 네 개의 날개와 독수리의 발톱, 그리고 공작의 꼬리를 가진 새로 묘사했다. 그러나 원전에 따르면 이 새의 가치는 훨씬 더 중요하다. 피루다우시는 페르시아의 전설을 재편집한 시집 『왕들의 책』에서 시무르그를 그 시에 나오는 영웅의 아버지인 잘의 양아버지라고 말했다. 13세기에 파리드 알딘 아타르는 시무르그를 신성을 의미하는 상징이나 이미지로 승화시켰다. 그는 『만티크 알 타이르(새들의 회의)』에서 이 이야기를 다시 한 번 거론했

다. 4500여 개의 이야기가 담긴 이 우화집은 그 논조가 매우 흥미롭다.

머나먼 옛날, 새들의 왕인 시무르그는 찬란한 깃털 하나를 중국 대륙 가운데에 떨어뜨렸다. 무질서에 지친 새들은 모두 이 깃털의 주인인 왕을 찾아 나서기로 했다. 그들은 새들의 왕의 이름이 '30마리 새'라는 의미라는 것을 알았다. 그리고 시무르그의 성(城)이 대지를 둥글게 싸고 있는 원형 산맥인 카프에 있다는 것도 알았다. 처음에 몇몇 새들은 몹시 두려워했다. 종달새는 자신이 사랑하는 장미의 곁을 떠날 수가 없다고 했고, 앵무새는 자신은 아름답기 때문에 새장에서 살아야 한다고 했다. 자고새는 자신의 둥지가 있는 산맥을, 백로는 늪지를, 그리고 올빼미는 황무지를 떠날 수 없다고 했다. 마침내 몇몇 새들이 어려운 모험을 실행에 옮겼다. 그리고 일곱 개의 언덕과 바다를 건넜다. 마지막에서 두 번째 언덕의 이름은 '베르티고(현기증)'이고 마지막 언덕의 이름은 '아니킬라시온(전멸)'이었다. 대부분의 새들이 중도에서 포기했고, 또 포기하지 않았던 새들 대부분은 가는 도중에 죽고 말았다. 고난을 이겨 낸 30마리의 새는 마침내 시무르그의 산에 도착할 수 있었다. 따라서 시무르그는 바로 이러한 고난을 극복한 새를 의미하며, 한편으로는 이들 전체를 의미하기도 한다.

우주 발생학자 알카즈위니는 『창조의 신비』에서 시모르그 안카는 1700년을 사는데, 새끼가 성장하면 아비 새는 자신이 피운 모닥불에 몸을 던져 죽는다고 했다. 레인은 이 이야기가 피닉스의 전설을 상기시킨다고 말했다.

로버트 사우디: 영국의 시인, 전기 작가.『탈라바』는 동양적인 주제를 다룬 그의 대표적인 장편 서사시로, 회교도 젊은이 탈라바가 바닷속에 사는 마술사들을 없애고 자기도 죽어서 천국에 가는데, 거기에서 결혼식 날 죽은 사랑하는 아내와 재회한다는 내용이다.

피르다우시: 페르시아의 시인.『왕들의 책』은 페르시아 문학사상 최고의 작품으로 꼽히는 대서사시로, 우주 창조에서 사산 왕조의 멸망까지 역대 50인의 치세를 기록해 놓았다.

아타르: 페르시아 문학 초기의 신비주의 시인. 신비주의적 성자들을 찬양한 작품을 많이 썼다.『충언서(忠言書)』,『신비의 서(書)』,『새들 이야기』(『새들의 회의』와 같은 작품이다.) 등이 있다.

자카리아 알카즈위니: 서아시아 아바스 왕조 말기의 박물학자. 페르시아 사람이다.『창조의 신비』는 그가 아라비아어로 쓴 백과전서의 한 부분이다. 천체, 기년(紀年), 원소(元素), 동식물, 인체, 천사, 영혼 등이 언급된, 우주 발생학에 관한 책이다.

세이렌

시간의 흐름과 함께 세이렌의 이미지는 여러 가지로 바뀌었다. 『오디세이』 12권에 처음으로 이에 대한 기록이 나오지만, 음유 시인은 세이렌의 모습까지는 언급하지 않았다. 오비디우스는 세이렌이 붉은색 깃털에 처녀의 얼굴을 가진 새라고 했고, 로도스의 아폴로니우스는 상반신은 아가씨이고 하반신은 물새의 모습을 하고 있다고 했으며, 티르소 데 몰리나는 "반은 여자이고 반은 물고기"라고 말했다. 세이렌이 무엇에 속하는가에 대해서는 많은 논쟁이 있었다. 램프리에어의 고전 사전에서는 님프의 한 종류로 언급되었고, 키셰라의 사전에서는 괴물로 기록되었으며, 그리말의 사전에서는 악마로 언급되었다. 그들은 키르케 섬 가까이에 있는, 해가 지는 섬에서 살았는데, 이들 중 하나인 파르테노페의 시체가 캄파냐에서 발견되었다고 한다. 그리고 나폴리는 한때 세이렌이라는 이름으로 불리기도 했다. 지리학자 스트라본은 이 새의 무덤을 보았다고 한다. 그는 이 새를 기리기 위해서 정기적으로 체

육 경기를 개최하자고 제안했다.

『오디세이』12권에 의하면 세이렌은 선원을 유혹하여 길을 잃게 만든다. 그의 노래를 듣지 않으려고 오디세우스는 노젓는 사람들의 귀를 초로 막고 자신을 돛대에 묶으라고 명령했다. 그러자 세이렌은 그를 유혹하기 위해 그에게 이 세상에 존재하는 모든 사물에 대한 지식을 가르쳐 주었다.

왜냐하면 우리의 입에서 흘러나오는 꿀처럼 달콤한 목소리를 듣지 않고는 그 누구도 검은 배를 타고 이곳을 지나갈 수 없기 때문이다. 그는 기쁨을 느끼며 현인이 되어 간다. 왜냐하면 우리는 넓은 트로이에서 아르고스 사람들과 트로이 사람들이 신의 의지를 견뎌 낸 노고와 비옥한 토지에서 일어나는 모든 일에 대해서 알고 있기 때문이다.

아폴로도로스가 『도서관』이라는 책에 수록한 전설에 의하면, 오르페우스는 아르고호에서 세이렌보다 더 달콤한 노래를 불렀다. 그러자 세이렌이 바다에 몸을 던져 바위가 되어 버렸다. 누군가 자기의 마술에 걸리지 않으면 죽는 것이 원칙이었기 때문이다. 스핑크스 역시 자신의 수수께끼가 풀리자 높은 곳에서 몸을 던졌다.

6세기에 세이렌 하나가 웨일스 북부에서 잡혀 영세를 받았다. 고대 연감에는 그녀가 무르겐이라는 이름의 성자로 기록되었다. 또 다른 세이렌 하나는 1403년에 항구로 흘러 들어와서 할렘에서 죽는 날까지 거주했다고 한다. 그러나 그녀에 대해 자세히 아는 사람은 아무도 없다. 사람들은 그녀에게 실 잣는 법을 가르쳐 주었다. 그녀는 본능적으로 십자가를 숭배했다. 16세기 연대기 기록자는 그녀가 실 잣는 법을 알았던 것으로 보아, 물고기 종류는 아닌 것 같다고 했다. 그리고 물에서 살 수 있는 것으로 미루어 볼 때 여인도 아니라고 했다.

영어 문헌에서는 고전적인 세이렌과 물고기 꼬리를 가진 인어를 구별한다. 포세이돈의 신하 격인 트리톤 같은 신이 인어 이미지 형성에 일조했다.

플라톤의 『국가』 10장에서는 여덟 명의 세이렌이 동심원 상에 있는 여덟 하늘의 회전과 변화를 주재하는 것으로 그려진다.

동물 사전에는 이렇게 쓰여 있다. "세이렌: 가상의 수중 동물."

로도스: 에게 해 남동부에 있는 그리스의 섬.

아폴로니우스: 기원전 295년경에 살았던 그리스의 서사 시인. 호메로스의 옛 언어들을 사용하여 로맨틱한 감정을 표현한 명문가(名文家)다. 주요 작품으로 아르고호의 전설을 다룬 『아르고호의 선원들』이 있다.

티르소 데 몰리나: 본명은 가브리엘 텔레즈. 에스파냐의 극작가이다. 400여 편의 작품을 썼으며 그중 90여 편이 남아 있다. 「세비야의 난봉꾼」 등으로 방탕함의 전형인 돈 후안 같은 인물을 처음 창조했다.

쥘 에틴 키셰라: 프랑스의 역사학자, 고고학자. 프랑스 고고학 건설자 가운데 한 사람으로서 19세기에 전개된 중세 연구에서 중요한 공헌을 했다. 잔 다르크와 관계된 저술로 유명하다. 『고고학 및 역사학 논총』은 그의 광범

위한 학식을 보여 준다.

피에르 그리말: 프랑스의 고전학자.『그리스 로마 신화 사전』,『호라티우스』등을 저술했다.

캄파냐: 이탈리아의 자치 지역. 수도는 나폴리이다.

스큉크(눈물로 흘러내리는 육체)

　스큉크가 사는 지역은 매우 제한적이다. 펜실베이니아 주(州) 밖에서는 이 동물에 대해 들은 사람이 없을 정도이다. 그렇지만 펜실베이니아 주의 산악 지방에서는 흔히 볼 수 있다고 한다.

　스큉크는 매우 무뚝뚝한 동물이다. 일반적으로 석양 무렵에 잘 나타난다. 얼룩덜룩한 털로 덮인 가죽은 어찌 보면 그에게 잘 맞지 않는 것 같다. 이 동물은 모든 동물 중에서 가장 불행한 동물이다. 이 동물을 추적하는 것은 대단히 쉬운 일이다. 왜냐하면 계속해서 울고 다니느라, 언제나 눈물 자국을 남기기 때문이다. 사람들에게 둘러싸여서 더 이상 도망갈 수 없게 되면, 혹은 사람들이 놀라게 하면 이 동물은 눈물로 변해서 흘러내린다. 스큉크를 잡고자 하는 사냥꾼에게는 차갑고 달이 뜨는 저녁이 가장 좋은 시간이다. 이때는 눈물이 천천히 떨어질 뿐만 아니라, 이 동물이 움직이지 않기 때문이다. 스큉크의 울음소리는 주로 커다란 관목 아래에서 들려온다.

옛날에는 펜실베이니아에서 살았지만 지금은 미네소타 주의 세인트 안토니 파크에서 사는 J. P. 웬틀링 씨는 몬테 알토(높은 산) 근처에서 경험한 스컹크와의 슬픈 추억을 간직하고 있다. 그는 스컹크의 소리를 흉내 내 스컹크를 자루에 담는 데 성공했다. 그런데 집으로 가져오는 길에 점점 자루의 무게가 가벼워지더니 울음소리가 그쳐 버렸다. 그가 자루를 열어 보니 주머니 안에는 눈물과 거품만 남아 있었다.

윌리엄 T. 콕스,

『벌목꾼의 숲에 사는 무서운 동물들』,

워싱턴, 1910년

탈로스

금속이나 돌로 만들어진 살아 있는 존재도 환상 동물학의 일군(一群)을 형성한다. 우리는 화가 나면 불을 뿜는 청동 황소를 기억한다. 메데이아의 마술적인 예술 작품에 나타난 것처럼, 이아손은 그 황소에 멍에를 씌울 수 있었다. 콩디야크가 창조한 지각 능력과 따뜻한 마음이 있는 대리석 조각상도 들수 있다. 구리로 만든 바르케오도 있다. 이것은 가슴에 납으로 된 판을 붙이고 있는데 이 판에는 이름과 부적이 새겨져 있다. 『아라비안나이트』에서 바르케오는 버릇없는 셋째 왕자를 구조했다. 왕자가 이만 산의 기사를 무찔렀을 때 일이다. 윌리엄 블레이크의 신화에 나오는 여신은 남성을 위해서 "은으로 만든 착한 아가씨와 금으로 만든 화난 아가씨"를 비단 그물로 잡았다고 한다. 아레스의 유모였던 금속으로 만든 새도 거론할 수 있다.

그리고 크레타 섬을 지키던 파수병 탈로스도 있다.* 몇몇 사람은 이것이 불카누스와 다이달로스의 작품이라고 했다.

로도스의 아폴로니우스는 『아르고호의 선원들』에서 탈로스는 청동으로 만든 사람 중에서 마지막까지 살아남은 생존자라고 말했다.

탈로스는 하루에 세 번씩 크레타 섬을 돌면서 이 섬에 배를 대려는 사람들을 암초에 던진다. 또 붉게 달아오른 육체로 인간들을 껴안아서 죽여 버린다. 탈로스가 유일하게 상처를 입는 곳은 발뒤꿈치이다. 디오스쿠로이, 즉 카스토르와 폴리데우케스는 요술쟁이 메데이아의 안내를 받아 탈로스를 죽일 수 있었다.

윌리엄 블레이크: 18~19세기에 활동한 영국의 시인, 화가. 『구약 성서』 등에 독특한 장식성과 환상성을 지닌 삽화와 판화를 남겼다. 저서로는 시집 『결백의 노래』 등이 있다.

아레스: 그리스 신화에 나오는 전쟁의 신. 제우스와 헤라의 아들로 흉포하고 야만적인 전투를 좋아한다.

불카누스: 로마 신화에 나오는 불과 대장장이의 신. 그

---

* 여기에 우리는 마차를 끄는 동물을 덧붙일 수 있다. '금으로 된 암퇘지'라는 뜻의 굉장히 재빠른 멧돼지 '길린부르스티'도 그중 하나이다. 이 동물은 '위험한 어금니를 가진 멧돼지'라는 뜻의 '슬리드루그탄니'로 불리기도 한다. 신화학자 폴 헤르만은 이렇게 적었다. "대장간에서 만들어진 이것은 날렵한 난쟁이들의 용광로에서 나왔다. 난쟁이들은 불길 속에 돼지의 가죽을 던져서 금으로 된 멧돼지를 만들어 냈는데 이 멧돼지는 땅과 하늘과 물속을 달릴 수 있다. 아무리 어두운 밤이라도, 이 멧돼지가 있는 곳에는 최소한의 빛이 있다." 길린부르스티는 번식과 다산을 의미하는 스칸디나비아의 신 프레이르의 마차를 끈다.

리스 신화의 헤파이스토스에 해당한다.

디오스쿠로이: 그리스 신화에 나오는 쌍둥이 형제 카스토르와 폴리데우케스의 통칭. '제우스의 아들들'이라는 뜻이다. 제우스와 레다의 아들로서 싸움의 신이자 항해의 수호신이기도 하다.

도철(饕餮)

시와 신화에서는 도철에 대한 이야기를 찾아볼 수 없다. 그러나 우리는 때로 건물의 기둥머리나 외벽 장식물에서 이 흉물스러운 동물을 발견할 수 있다. 머리와 몸이 세 개씩인 게리온의 가축을 지키던 개는 머리가 두 개였고 몸뚱이는 하나였다. 다행히 헤라클레스가 이 개를 죽였다. 이와 반대로 도철은 머리가 하나이고 몸뚱이는 두 개인데 훨씬 더 끔찍하다. 기괴하게 생긴 머리는 왼쪽과 오른쪽으로 각각 하나의 몸뚱이를 가지고 있다. 일반적으로 발은 여섯 개라고 알려져 있다. 왜냐하면 앞발은 두 몸뚱이가 함께 공유하기 때문이다. 얼굴은 용과 호랑이 그리고 사람과 비슷하게 생겼다. 예술사가들은 이것을 "사람을 잡아먹는 귀신의 얼굴"이라고 부른다. 이것은 형태가 갖추어진 괴물로 대칭성을 띤 악마에게서 영감을 받은 조각가와 도자기공, 세라믹 제품을 만드는 사람들이 만들어 낸 것이다. 기원전 1400년 상(商)나라 시대에는 이것의 모습을 청동 작품에 새기곤 했다.

도철은 대식가(大食家)를 의미하며 육욕과 탐욕을 형상화한 것이다. 중국인들은 이것을 도자기에 그려 넣어서 방종에 빠지지 않도록 경계했다.

게리온: 에리테이아 섬에 살고 소를 많이 소유한 괴물. 여기에서 언급한 이야기는 헤라클레스의 열두 공적 중 열 번째 이야기이다.

안남 호랑이

안남 사람들은 호랑이 혹은 호랑이 속에 들어가 있는 혼령이 우주 공간의 길목을 지킨다고 믿는다.

적호(赤虎)는 남쪽을 주재한다.(지도의 가장 높은 곳에 자리한다.) 이것은 남방과 불에 해당한다.

흑호(黑虎)는 북쪽을 주재한다. 겨울과 물에 해당한다.

청호(靑虎)는 동쪽을 주재한다. 봄과 식물에 해당한다.

백호(白虎)는 서쪽을 주재한다. 가을과 금속에 해당한다.

네 마리의 주요 방위에 해당하는 호랑이 외에 또 한 마리의 호랑이가 있는데, 바로 황호(黃虎)다. 이것은 나머지 네 마리의 호랑이를 다스릴 뿐만 아니라 세계의 한복판에 있는 중국의 중원을 다스린다.(이런 의미에서 그들은 자기 나라를 중국이라고 불렀다. 16세기 예수회 신부인 마테오 리치가 중국인들을 가르치기 위해 그린 세계 지도에는 중국이 한가운데에 자리하고 있다.)

노자는 이 다섯 마리의 호랑이에게 악마와 싸우라는 사명을 주었다. 프랑스인 루이스 쇼 쇼드가 번역한 안남 사람들의 기원문(祈願文)에는 하늘의 다섯 호랑이에게 비는 애절한 호소가 담겨 있다. 이러한 미신은 중국에서 비롯된 것이다. 중국 학자들은 서쪽 별이 자리 잡은 머나먼 지방을 다스리는 것은 백호라고 말한다. 중국인들은 남쪽에는 주작(朱雀)을 배치했고, 동쪽에는 청룡(靑龍)을, 북쪽에는 현무(玄武)를 각각 배치했다. 이처럼 안남 사람들은 색깔을 동물과 연결시켰다.

인도의 중심부에 있는 빌이라는 마을의 사람들은 호랑이를 위한 지옥이 따로 있다고 믿었다. 말레이시아 사람들은 정글 한복판에 있는 도시에 대해 말한다. 이 도시의 건물은 인간의 뼈를 대들보로 삼고, 인간의 피부로 벽을 둘렀으며, 인간의 머리카락으로 지붕을 이었는데, 이것은 호랑이들이 지은 것으로 그 안에는 호랑이들이 살고 있다고 한다.

마테오 리치: 16~17세기에 활동한 이탈리아의 예수회 선교사. 명나라 만력제(萬曆帝)로부터 베이징 정주를 허가받고 중국에 가톨릭 포교의 기초를 쌓았다. 『기하학 원본』, 『곤여 만국 전도(坤輿萬國全圖)』 등으로 서양의 수학과 과학을 소개했다.

트롤

　기독교가 전래된 뒤 영국에서 발키리는 시골로 밀려나 마녀로 전락했다. 스칸디나비아 제국에서는, 요툰헤임에 살면서 토르라는 신과 전쟁을 했던 고대 신화의 거인들이 촌스러운 트롤로 전락했다고 한다. 『고(古)에다』의 기본 원리가 된 우주 창조설에서는 "신들의 황혼"의 날에 거인들이 뱀과 늑대의 도움을 받아 하늘로 올라와서 무지개 비프로스트와 세상을 다 부수어 버렸다고 한다. 널리 알려진 미신에 따르면 트롤은 산에 있는 동굴이나 허물어져 가는 오두막에 사는 사악하고 교활한 엘프이다. 가장 특이한 점은 머리가 두세 개라는 것이다.

　헨리크 입센의 서사시 『페르 귄트』(1867)는 이들의 명성을 한층 높여 주었다. 입센은 트롤들을 민족주의자로 상상했다. 그들은 자신들이 만든 독한 음료수를 굉장히 달콤한 것으로, 자신들의 동굴을 궁전으로 생각했다. 또한 페르 귄트가 주변의 더러움을 보지 못하게 그의 눈을 뽑아 버렸다.

『**페르 귄트**』: 몽상가 페르 귄트가 세계를 방랑하고 편력하고 고향에 돌아와서 아내 솔베이지의 사랑을 깨닫기까지의 과정을 묘사한, 입센의 5막 희곡. 트롤들은 페르 귄트가 주변의 지저분한 것들이나 그들이 그와 결혼시키려는 왕녀의 추악한 모습을 보지 못하도록 그의 눈을 뽑았다.

일각수(유니콘)

일각수에 대해서는 처음에 나온 이야기나 마지막에 나온 이야기나 내용이 거의 유사하다. 기원전 400년, 아르타크세르크세스 므네몸 시대의 의사인 그리스인 체시아스는 인도에 매우 재빠른 야생 당나귀가 있다고 말했다. 이 당나귀는 털은 순백색, 머리는 자줏빛, 눈동자는 푸른색이며, 이마 한가운데에는 날카로운 뿔이 달려 있다고 했다. 뿔은 아랫부분이 흰색, 끝부분이 붉은색, 가운데 부분이 검은색이었다. 플리니우스는 이런 이야기를 덧붙였다.(8권 31장.)

인도에서 이상한 짐승을 잡았다. 몸통은 말과 비슷하고, 머리는 사슴과 비슷하며, 발은 코끼리를 닮고, 꼬리는 멧돼지를 닮은 일각수였다. 이 짐승의 울음소리는 매우 구슬펐다. 길고 검은 뿔이 이마 한가운데에 달려 있었다. 산 채로는 잡을 수가 없었다.

동양학자인 슈라더는 1892년경, 뿔이 하나밖에 없는 황소의 모습을 새긴 페르시아인들의 부조가 그리스인들에게 일각수에 대한 영감을 주었을 것이라고 생각했다.

7세기 초에 제작된 『어원학』에서 세비야의 이시도로스는 일각수의 외뿔은 코끼리도 죽일 수 있다고 기록했다. 이것은 신드바드의 두 번째 여행에 나오는 카르카단(코뿔소)의 승리를 연상시킨다.* 일각수의 또 다른 적은 사자이다. 스펜서의 대서사시 『신선 여왕』 2부에는 일각수의 싸움 방식이 소개되었다. 사자는 나무 주변을 배회했다. 이마를 숙인 일각수가 뿔로 사자를 받았다. 사자는 한쪽으로 쓰러졌고 일각수는 사자의 몸통에 계속 뿔을 박은 채 서 있었다. 이 팔행시는 16세기의 작품이다. 18세기 초, 잉글랜드 왕국과 스코틀랜드 왕국의 통일로 대영 제국의 휘장이 레오파드(사자)와 스코틀랜드의 일각수가 합쳐진 모습으로 바뀌었다.

중세의 동물 이야기 책은 여자아이만이 일각수를 잡을 수 있다고 가르쳤다. 그중에는 이런 내용도 있다. "어떻게 일각수를 잡을 것인가. 일각수 앞에 처녀를 데려다 놓는다. 그러면 일각수가 처녀의 품으로 뛰어든다. 이때 처녀가 일각수를 사랑으로 감싸 안고 국왕의 궁전으로 끌고 가면 된다." 피사넬로와 유명한 실내 장식업자들은 처녀의 승리를 소재로 하여 메달과 장식품을 만들었다. 이 우화에 나오는 처녀의 승리는 그만큼 유명했다. 성령과 예수 그리고 사자(使者)와 죄악이 일

* 두 부분으로 나뉜 코뿔소의 뿔이 인간의 모습과 유사하다는 것을 알 수 있다. 자카리아 알카즈위니는 말을 탄 인간의 모습이라고 했고, 다른 사람들은 새와 물고기의 모습이라고 했다.

각수에 의해서 형상화되었다. 융은 자신의 저작인『심리학과
연금술』(취리히, 1944)에서 이러한 상징에 대해서 이야기하고
분석했다. 환상적인 일각수의 모습은 일반적으로 영양의 뒷
발과 산양의 수염, 그리고 이마에는 길고 구부러진 뿔이 있는
모습으로 그려진다. 레오나르도 다 빈치는 일각수를 잡으려
면 일각수의 감성을 자극하면 된다고 말했다. 일각수의 감성
을 자극하면 일각수는 잠시 포악한 성질을 버리고 처녀의 무
릎에 안긴다는 것이다. 사냥꾼들은 이런 식으로 일각수를 잡
았다고 한다.

에베르하르트 슈라더: 주로 19세기에 활동한 독일의 학
자. 구약 성서를 연구했다. 아시리아어 문법을 밝혀냈으
며 바빌로니아, 아시리아의 고문헌들을 번역했고 구약
성서 속의 역사, 지리, 종교 등 새로운 방면을 개척했다.

에드먼드 스펜서: 영국의 르네상스 시기를 대표하는 시
인. 회화적인 아름다움이 가득 찬 우의시(寓意詩)를 주로
썼다. 걸작으로 꼽히는 대서사시『신선 여왕』이 그의 대
표작이다. 그가 이십 년을 쏟아 부었으나 끝내 완성하지
못한 이 시는 영국 문학사상 최대의 우의시지만 가끔은
그 난해함과 모순, 그리고 부조화로 인해 지적을 받기도
한다.

피사넬로: 북이탈리아 르네상스 초기의 화가, 메달 조각
가. 여기서의 메달은 앞에는 왕후나 귀족의 얼굴을 새기
고 뒤에는 우의화를 돋을새김한 기념 메달을 가리킨다.

중국의 일각수

중국의 일각수 혹은 기린은 상서로운 징조를 나타내는 네 가지 동물 중 하나이다. 나머지 세 동물은 용과 봉황, 그리고 거북이다. 일각수는 네발 달린 동물 중에서 으뜸이다. 이것은 사슴의 몸통에 소의 꼬리, 말의 발굽이 달렸고, 이마에는 살이 변한 뿔이 있다. 등에 난 털에는 다섯 가지 정도의 색이 혼합되어 있다. 배의 색은 황갈색 혹은 황색이다. 일각수는 절대 푸른 초원을 밟지 않는다. 그리고 다른 동물들에게 해로운 짓도 하지 않는다. 일각수의 출현은 어진 임금이 나타날 징조로 여겨졌다. 따라서 일각수를 다치게 하거나 일각수의 시체를 발견하는 것은 나쁜 징조이다. 일반적으로 일각수는 천 년 이상을 산다고 한다.

공자를 임신한 공자의 어머니에게 다섯 별의 정령이 데리고 온 동물도 "소처럼 생기기는 했지만 용의 비늘이 덮이고 이마에는 뿔이 있었다." 이것은 수틸이 기록한 공자 탄생의 계시이다. 빌헬름이 채집한 관련 설화들을 살펴보면, 이 동물은 혼자 나타났으며 비취로 만든 판에 다음과 같은 글이 새겨져 있었다.

　　왕조가 무너지면, 수정산의 아들(혹은 물의 정령의 아들)아, 너는 무관(無冠)의 왕으로 세상을 다스리게 될 것이다.

　칠십여 년 후 몇 명의 사냥꾼들이 기린을 죽였다. 그 기린의 뿔에는 공자의 어머니가 묶어 놓은 띠가 있었다. 공자는 그것을 보고 눈물을 흘렸다. 이 죄 없는 신비한 동물의 죽음이 예고하는 바를 알았기 때문이다. 그리고 자신의 과거가 이 띠에 있었기 때문이다.

　13세기에 인도를 치려고 했던 칭기즈 칸의 용감한 기병대는 사막에서 "이마에 뿔이 있고 털은 녹색인, 사슴과 비슷하게 생긴 동물"을 잡았다. 동물은 그들에게 이렇게 말했다. "너희 주인은 이제 고향 땅으로 돌아가야 한다." 칭기즈 칸의 중국인 신하 중 한 사람이 이 동물을 기린의 변종인 각단(角端)이라고 설명했다. 그는 이르기를 "대군이 서쪽 변방에서 전쟁을 치르기 시작한 지 벌써 사 년이 흘렀습니다. 그래서 인간이 끝없이 피를 흘리며 싸우는 것을 싫어하는 하늘이 이러한 경고를 보낸 것입니다. 바라건대 제국을 돌보시기 바랍니다. 중용을 지키신다면 한량없는 기쁨이 있을 것입니다." 이에 황제는 전쟁을 포기하고 고향으로 돌아갔다.

　기원전 22세기에 순(舜)임금의 재판관 중 한 사람은 부당하게 고소된 사람은 공격하지 않지만, 죄를 지은 사람은 뿔로 마구 찔러 대는 '외뿔 사슴'을 데리고 다녔다고 한다.

　마르고리에가 쓴 『중국 문학선』(1948)에는 9세기 산문가의 작품인 신비하고 차분한 우화가 소개된다.

일반적으로 일각수는 상서로운 조짐을 나타내는 초자연적인 동물로 여겨진다. 송가나 연감, 그리고 유명한 현인들의 전기와 그 권위를 의심받지 않는 경전들이 이를 밝히고 있다. 마을의 아녀자들까지 일각수가 호의적인 징조를 나타낸다는 것을 잘 안다. 그러나 그것은 가축들 사이에서는 나타나지 않으며, 발견하기도 쉽지 않고, 분류할 수도 없다. 말이나 소, 늑대나 사슴 그 무엇도 아니다. 이러한 상황에서는 우리가 일각수 앞에 서더라도 그것이 일각수인지 확신할 수 없다. 일각수는 말의 갈기와 소의 뿔이 있다고 알려져 있다. 그렇지만 일각수가 정확히 어떻게 생겼는지는 아무도 모른다.

W. E. 수틸: 『중국의 3대 종교』 등을 썼다.

리하르트 빌헬름: 19~20세기 독일의 선교사, 중국학자. 중국 문물을 연구하면서, 특히 유교로부터 깊은 감화를 받았다. 중국 고전 번역을 위해 힘을 쏟았다. 『역경』, 『논어』, 『노자 도덕경』, 『여씨춘추』 등의 번역서가 있다.

우로보로스

우리에게 대양(大洋)은 하나의 바다 혹은 여러 바다로 이루어진 하나의 체계를 의미한다. 그리스 사람들은 대양이 대지를 감싸고 도는 거대한 원형의 강이라고 생각했다. 모든 물은 이 강에서 나오며, 나가는 곳도 시작되는 곳도 없다는 것이다. 그것은 또한 신이나 티탄, 그중에서도 가장 오래된 티탄으로 여겨졌다. 『일리아드』 14권에서 '잠'이 그것을 신의 원천이라고 불렀기 때문이다. 헤시오도스는 『신통기』에서 이것이 3000여 개에 달하는, 그리고 나일 강과 알페이오스 강으로 대표되는 전 세계 모든 강의 아버지라고 밝혔다. 일상적으로 이것을 의인화하면 수염을 길게 기른 노인으로 표현된다. 수 세기가 흐르면서 인류는 이것을 좀 더 멋진 상징으로 그리기 시작했다.

헤라클레이토스는 원주(圓周)에서는 시작과 끝이 하나의 점이라고 이야기했다. 3세기에 제작되어 대영 제국 박물관에 보관 중인 그리스 부적은 이러한 무한성의 이미지를 잘 보여

286

준다. 바로 꼬리를 물고 있는 뱀으로 그려진 것이다. 또는 마르티네스 에스트라다가 아름답게 표현한 "자기 꼬리 끝에서 시작되었다."라는 말을 상기해 보자. 연금술사들이 많이 그렸던 이 괴물의 이름이 바로 우로보로스('자기 꼬리를 먹는 것'이라는 뜻)이다.

우로보로스가 유명해진 것은 스칸디나비아의 우주 창조와 관련된 이야기 덕분이다. 『에다 프로사이카』 혹은 『신(新)에다』에는 로키가 늑대와 뱀을 낳았다는 이야기가 실려 있다. 신탁은 이 피조물들이 신들에게서 대지를 빼앗을 것이라고 전했다. 그래서 신들은 늑대인 펜리르를 여섯 가지 상상의 물질로 만든 사슬로 묶었다. 즉 "고양이의 발소리, 여인의 턱, 바위의 뿌리, 곰의 힘줄, 물고기의 원기, 새의 침으로 만든 사슬로 그것을 묶은 것이다." 그리고 "요르문간드라는 뱀을 대지를 감싸 안고 흐르는 바다에 던졌다. 이 뱀은 바다에서 자라 바다와 마찬가지로 대지를 감싸고 돌면서 꼬리를 물게 되었다."

거인들이 사는 요툰하임에서 우트가르드 로키가 토르 신에게 대항하여 고양이 한 마리를 들어 올려 보라고 했다. 신은 온 힘을 다했지만 고양이의 다리 하나만을 땅에 닿지 않게 할 수 있었다. 여기에서 고양이는 뱀이다. 말하자면 토르는 신비의 마술에 홀린 것이다.

"신들의 황혼"이 다가오자 뱀은 대지를 삼켜 버렸다. 그리고 늑대는 태양을 삼켜 버렸다.

발키리아

발키리아는 원시 게르만어로 '전사자(戰死者)를 선택하는 자'라는 뜻이다. 이름은 직접 거론되지 않았지만, 갑작스럽게 찾아오는 고통을 막기 위한 앵글로색슨족의 주문에는 발키리아가 이렇게 기록되어 있다.

> 고지에서 말을 탈 때는 호방하게 타고,
> 대지에서 말을 탈 때는 시원시원하게 탄다.
> 힘이 센 여인들…….

독일이나 오스트리아 사람들이 이들 발키리아를 어떤 모습으로 상상했는지는 모르겠다. 스칸디나비아 신화에서 이들은 무장한 아름다운 여인으로 그려진다. 『에다』에서는 그들과 관련하여 열두 명 이상의 이름이 거론되지만 일반적으로는 세 명으로 알려져 있다.

그녀들은 전쟁에서 다친 사람들을 골라, 그 영혼을 금으로 만든 집이 있는 오딘의 낙원으로 데리고 간다. 먼동이 터 올 때 낙원에서 전사들은 등불이 아닌 칼로 불을 밝히고 죽을 때까지 싸운다. 그런 다음 다시 부활하여 신성한 향연을 나눈다. 이 향연에는 불멸의 멧돼지 고기와 영원히 바닥나지 않는 꿀물이 담긴 뿔잔이 등장한다.

기독교의 영향이 점차 커짐에 따라서 발키리아의 이름은 점차 희미해졌다. 중세 영국의 한 재판관은 발키리아, 다시 말해 마녀라고 제소된 가엾은 여인에게 화형을 선고했다.

진

이슬람의 전설에 따르면 알라신은 빛으로 천사를 만들고, 불로 진을 만들었으며, 흙으로 인간을 만들었다고 한다. 진을 만든 물질이 연기가 나지 않는 어두운 불이라고 말하는 사람도 있다. 진은 아담이 태어나기 이천 년 전에 창조되었다. 그러나 그의 가계는 최후의 심판 날까지 이어지지 못할 것이다.

알카즈위니는 이들을 "투명한 육신을 가지고 허공중에 떠서 여러 가지 모습으로 변할 수 있는 거대한 동물"이라고 정의했다. 처음에 이들은 구름이나, 정의할 수 없는 거대한 기둥의 모습으로 그려졌다. 그러나 자신의 의지에 따라 차례차례 인간, 자칼, 늑대, 사자, 전갈, 그리고 뱀으로 변신했다. 몇몇 진들은 신앙을 갖고 있지만, 몇몇은 이교도이거나 무신론자이다. 파충류를 죽이기 전에 우리는 선지자의 이름으로 그에게 물러나 달라고 청해야 한다. 만약 말을 듣지 않을 경우 그것은 당연히 죽는다. 진은 단단한 벽을 뚫고 지나갈 수 있으며 공중을 날아다닐 수도 있고, 갑자기 투명하게 변할 수도 있다. 때로는 맨 아래쪽에 자리 잡은 하늘로 내려와서 앞으로 일어날 일과 관련된 천사들의 대화를 듣기도 한다. 그들이 마술사나 예언가를 도울 수 있는 것은 그 덕분이다. 몇몇 박사들은 예루살렘 성전에 사는, 전지전능한 하느님의 이름을 알고 있던 다윗의 아들 솔로몬의 명령을 받아서 이들이 직접 피라미드를 만들었다고 생각했다.

이들에게는 현관이나 발코니에서 사람들에게 돌을 던지거나, 아름다운 여인들을 납치하는 못된 버릇이 있다. 이들의 납치를 예방하기 위해서는 자비로운 알라신의 이름을 부르면 된다. 일반적으로 그들이 사는 곳은 폐허나 사람들이 살지 않는 집, 우물, 강, 그리고 사막이다. 이집트 사람들은 바로 '진'이 모래바람의 원인이라고 믿었다. 유성은 알라신이 저주받은 '진'에게 던지는 창이라고 생각했다.

이블리스는 진의 아버지이자 그들의 대장이다.

유워키

『간추린 영문학사』에서 세인츠버리는 "유워키는 영국 문학에서 가장 아름다운 여자 영웅이다."라고 말했다. 유워키는 반은 여인이고 반은 새의 모습을 하고 있다. 혹은 ─ 부인인 엘리자베스 배럿 브라우닝의 죽음에 대해서 시인인 로버트 브라우닝이 묘사한 것처럼 ─ 반은 천사이고 반은 새의 모습을 하고 있다. 이들은 팔을 날개처럼 활짝 펼칠 수 있으며, 몸은 비단 같은 깃털로 덮여 있다. 그들은 남극해의 사라져 버린 섬에 살고 있다. 피터 윌킨스라는 조난자가 그곳에서 그녀를 발견하고 그녀와 결혼했다. 유워키는 날개 달린 부족인 글럼 종족에 속한다. 윌킨스는 그들을 기독교도로 개종시켰다. 그리고 아내가 죽자 다시 영국으로 돌아왔다.

이 재미있는 사랑 이야기는 로버트 팰톡의 『피터 윌킨스』라는 소설에 소개된다.

조지 에드워드 베이트먼 세인츠버리: 19~20세기 영국의 문학사가, 비평가. 영국 문학사, 프랑스 문학사에 업적을 남겼다.

엘리자베스 배럿 브라우닝: 19세기 영국의 여류 시인. 로버트 브라우닝의 아내이며, 시집으로 『포르투갈어에서 번역한 소네트』가 있다.

로버트 브라우닝: 19세기 영국 빅토리아 시대의 대표 시인.

로버트 팰톡: 17~18세기의 인물. 원래는 변호사였다. 그의 소설 『콘월의 사나이, 피터 윌킨스의 생애와 모험』은 『로빈슨 크루소』라는 아류를 낳았다.

자라탄

시간과 공간을 초월하여 전해 오는 이야기 중에 이름도 없는 섬에 표류한 선원들에 대한 이야기가 있다. 그런데 이 섬은 물속 깊숙한 곳으로 사라져 버렸고 선원들 역시 사라졌다. 왜냐하면 이 섬은 살아 있었기 때문이다. 신드바드의 첫 번째 여행에 이 이야기가 그려졌다. 그리고 『광란의 오를란도』의 여섯 번째 노래, 성 브렌던에 대한 아일랜드의 전설, 알렉산드리아에 보관된 그리스의 동물 우화집, 스위스 출신의 수도원장 올라오 마그누스가 쓴 『북유럽 나라들의 역사』(로마, 1555), 『실낙원』의 첫 번째 노래에도 비슷한 이야기가 언급되었다. 『실낙원』에서는 사탄을 노르웨이의 거품 위에서 잠든 거대한 고래에 비교했다.

전설의 초기 기록에서는 이러한 자라탄의 존재를 부정하기 위해 자라탄이 역설적으로 언급되었다.

이것은 9세기 초 이슬람의 동물학자인 알자히즈의 『동물들에 관한 책』에 나온다. 미겔 아신 팔라시오스가 스페인어로 번역한 이 책에는 이런 글이 나온다.

　　자신 있게 자기 눈으로 자라탄을 똑똑히 보았다고 말하는 사람은 한 사람도 보지 못했다.

　　몇몇 선원들은 바다에 떠 있는 섬에 내리고 싶어 했다. 그 섬에는 숲도 있고 계곡도 있었다. 선원들은 커다란 모닥불을 피웠다. 불길이 자라탄의 등에 이르자 자라탄은 선원들을 등에 태운 채 바다를 헤치며 나아가기 시작했다. 등 위의 나무도 그대로 앞으로 나아갔다. 여기서 도망칠 수 있었던 사람만이 목숨을 구했다. 이 이야기는 가장 우화적이고 대담한 이야기이다.

　　이제 13세기에 나온 문헌을 살펴보기로 하자. 이것은 우주 발생학자인 알카즈위니가 쓴 것으로 『창조의 신비』에 나오는 이야기이다.

　　바다거북에 대한 이야기이다. 거북이 너무 커서 배를 탄 사람들은 모두 그것이 섬인 줄 알았다. 상인 중 한 사람이 이렇게 말했다. "바다에서 우리는 수면 위로 솟은 섬을 발견했지요. 그 섬에는 푸른 나무들이 자라고 있었는데, 우리는 배를 갖다 대고 배에서 내려 불을 피우려고 구멍을 팠소. 그러자 섬이 움직이기 시작해서 선원들이 소리쳤지요. '돌아와요! 그건 거북이란 말이오. 불길에 거북이 깨어났고, 우리 모두 익사하게 되었단 말이오.'"

　　비슷한 이야기가 『성 브렌던의 항해』에서 반복된다.

……배를 몰고 나아갔다. 우리는 그곳에 상륙했다. 어떤 곳은 깊게 파여 있었고, 어떤 곳엔 거대한 바윗덩어리가 있었다. 그것은 섬이었다. 모두가 섬이라고 확신했다. 그래서 저녁을 지으려고 불을 피웠다. 그러나 성 브렌던은 배에서 꼼짝도 하지 않았다. 불이 꽤 달구어져서 고기가 익을 정도가 되자 섬이 갑자기 움직이기 시작했다. 수도사들은 깜짝 놀라서 불과 고기를 버리고 배로 도망쳤다. 갑작스러운 요동에 모두들 놀랐던 것이다. 성 브렌던은 그들에게 용기를 주면서, 그것은 이름이 자스코니라는 거대한 물고기라고 말했다. 이 동물은 밤이고 낮이고 자신의 꼬리를 물려고 하지만 몸이 너무 커서 번번이 실패한다고 한다.*

『엑서터 서(書)』라는 앵글로색슨족의 동물 우화집에는 이 위험한 섬이 "바다의 교활한" 고래라고 적혀 있다. 이것은 아주 교묘하게 인간을 속인다. 이 "바다에 떠 있는 여관"은 인간이 자신의 등에 캠프를 치고 고된 바닷일에서 벗어나 잠시 쉬려고 하면 갑자기 물속으로 잠수해 선원들을 익사시킨다. 그리스의 동물 우화집에서 고래는 매춘부로 속담에 등장한다.("그녀는 죽음을 향해서 발을 뻗었고, 그녀의 발걸음은 지옥을 향했다.") 앵글로색슨족의 동물 우화집에서 고래는 악마와 죄악을 의미한다. 이로부터 십 세기 정도 뒤에 쓰인 허먼 멜빌의 『모비 딕』에는 이러한 상징적인 의미가 그대로 드러난다.

* '우로보로스'에 대해 기록된 쪽 참조.

성 브렌던:『성 브렌던의 항해』라고 알려진 전설은 9세기 초에 라틴어로 쓰인 산문으로서 여러 나라 말로 번역되었다. 성 브렌던이 수도승 일행과 더불어 고생 끝에 대서양에 있는 "약속의 땅"에 이른다는 모험 이야기이다.

올라오 마그누스: 1523년에 로마에 망명하여 로마에서 사망했다.『북유럽 나라들의 역사』는 17세기에 여러 차례 출판되었다.『고트인, 스웨드인, 반달인의 역사』라는 제목으로 출판된 영어 번역본은 북유럽 민족에 대한 유럽인들의 관념에 오랫동안 영향을 끼쳤다.

알자히즈: 8~9세기 아라비아의 작가. 신학, 역사, 과학, 문학 등 다방면에서 저작을 남겼다.『동물들에 관한 책』은 진화, 적응, 동물 심리에 관하여 생물학적인 이론을 전개한 책이다.

허먼 멜빌: 19세기 미국의 소설가. 고래잡이배의 선원이 되어 모험이 넘치는 생활을 한 후, 그 경험을 바탕으로 인간의 비극적인 운명을 통찰한 대작『모비 딕』을 썼다.

중국 여우

일반 동물학에서 보았을 때, 중국 여우는 다른 지역의 여우와 크게 다른 점이 없다. 그러나 환상 동물학에서는 그렇지 않다. 통계에 따르면 중국 여우는 팔백 년에서 천 년 정도를 산다. 그리고 여우는 나쁜 징조로 여겨졌다. 여우의 신체 각 부분은 저마다 특별한 기능을 한다. 여우가 꼬리로 땅을 두드리면 불이 일어나고, 여우는 미래를 내다볼 수 있으며, 여러 가지 모습, 특히 노인이나 아리따운 아가씨, 그리고 학식이 풍부한 사람으로 변신할 수도 있다. 여우는 매우 교활하며 신중하고 의심이 많다. 또한 심술을 잘 부리고 장난치는 것을 좋아한다. 죽은 사람이 여우의 몸으로 환생하기도 한다. 이러한 중국 여우의 거처는 주로 무덤 주변이다. 이와 관련되어 전해지는 전설도 수천 가지가 넘는다. 그중 하나를 옮겨 보면 다음과 같다.

왕씨는 뒷다리로 발딱 서서 나무에 기대어 있는 여우 두 마

리를 보았다. 그중 한 마리는 앞발에 종이를 들고서 농담이라
도 하자는 듯이 웃고 있었다. 그는 그들을 놀래서 쫓아 버리려
했다. 그러나 여우들은 그 자리에서 꼼짝도 하지 않았다. 그래
서 그는 종이를 들고 서 있는 여우를 향해 달려들었다. 그는 여
우의 눈에 상처를 입힌 뒤 종이를 빼앗았다.

그는 객줏집에 가서 다른 객들에게 모험담을 늘어놓았다.
그가 한창 이야기를 하고 있는데 눈에 상처를 입은 손님 하나
가 들어왔다. 그 손님은 왕씨의 이야기를 자세히 듣더니 자기
에게 그 종이를 보여 달라고 청했다. 왕씨가 막 종이를 건네주
려고 할 때, 그 자리에 있던 다른 손님이 제일 마지막으로 들어
온 그 손님에게 꼬리가 있음을 발견했다. 그가 "여우다."라고
소리치자, 그 손님은 재빨리 여우로 변해서 달아났다. 여우들
은 수차례에 걸쳐 종이를 되찾고자 했다. 그 종이에는 알 수 없
는 문자가 가득 쓰여 있었다. 그러나 여우는 끝내 뜻을 이루지
못했다.

왕씨는 다시 자기 집으로 돌아가려고 했다. 집으로 돌아가
는 길에 그는 서울로 가던 자신의 가족과 만났다. 그런데 가족
들은 바로 왕씨 자신이 길을 떠나라고 말했다고 하는 게 아닌
가. 왕씨의 어머니는 왕씨에게, 모든 재산을 팔아서 서울에서
만나자고 쓴 그의 편지를 보여 주었다. 왕씨는 편지를 자세히
살펴보았다. 그것은 아무것도 쓰여 있지 않은 백지였다. 이제
누추하나마 바람을 막아 주던 집마저 없어졌지만, 그와 가족은
다시 고향으로 돌아갔다.

어느 날 모든 가족이 죽은 줄로만 알았던 아우가 나타나
왕씨 일가가 겪었던 불행에 대해서 물었다. 왕씨는 아우에게
모든 이야기를 해 주었다. 왕씨가 여우와 관련된 모험담을 이

야기하자 아우는 "아하, 이젠 알았다." 하는 것이었다. "모든 불행의 근원이 바로 거기 있었군요." 왕씨는 아우에게 종이를 보여 주었다. 아우는 그 종이를 빼앗듯이 잡아채더니 그것을 가슴 깊숙이 넣었다. 그리고 "마침내 그토록 찾던 것을 되찾았구나." 하고는 여우로 변신하여 도망쳤다.

상상력은 신이 인간에게 준 가장 큰 선물

상상의 세계에서는 모든 것이 가능하다. 무지개를 미끄럼틀 삼아 타고 놀 수도 있고, 구름을 타고 날아다닐 수도 있으며, 천둥과 비를 부를 수도 있다. 그리고 베누스 같은 여인과, 혹은 헤라클레스처럼 멋진 남성과 아름다운 추억을 만드는 공상에 가까운 상상력을 펼칠 수도 있고, 미래의 과학이 현실화시킬지도 모르는 타임머신을 타고 시공간을 마음대로 넘나드는 지극히 이성적인 상상력의 나래를 펼칠 수도 있다.

상상의 세계에도 계통 발생은 개체 발생을 되풀이한다는 유전의 법칙이 적용된다. 즉 인류의 역사가 고도로 발달된 과학의 세계에 가까워질수록, 그리고 나이를 먹을수록 우리 인간은 이러한 무한한 영역의 상상력에서 극히 일부분, 다시 말해서 과학적이고 합리적인 상상력을 제외한 다른 부분은 어린아이를 어를 때나 이용하는 비합리적이고 유치한 이야기로 치부해 버리는 경향이 커지는 것이다.

그러나 상상의 세계는 인간의 머릿속에서만 가능하거나

단순한 유희적 의미만을 담고 있는 것이 아니다. 적극적인 의미에서 상상의 세계는 우리를 둘러싼 삼라만상의 여러 요소들을 재구성하고 있을 뿐만 아니라, 우주에서 일어나는 모든 현상을 나름대로 반영하고 있다. 따라서 이러한 상상의 세계를 포기한다는 것은 삶을 해석하고 현상을 인식할 수 있는 인간 능력의 상당 부분을 포기한다는 것과 같은 말이다.

이 책의 가치는 이러한 의미에서 살펴보아야 한다. 어찌 보면 고전과 설화에 나오는 황당무계한 이야기로 채워져 있는 것 같지만, 이 책은 그러한 것에 대한 사전적인 지식을 전달하려는 의도에서 쓰인 것이 아니다. 상상의 존재가 창조된 배경과 가치를 이야기함으로써 우리의 할아버지, 할머니 들이 과연 삶과 세계를 어떻게 생각하고 있었는지를 이야기하는 것이다. 다시 말해서 보르헤스도 서문에서 밝혔듯이, 상상력이 만들어 낸 동물들의 가치를 재조명함으로써, 우리가 그동안 잊고 지냈던 세계와 삶의 다양한 현상들을 다시 한 번 새롭게 짚어 볼 수 있는 기회를 제공하는 것이다.

상상의 세계는 언제나 변화를 수용할 태세를 갖추고 있다. 뿐만 아니라 지금 이 순간에도 새로운 모습을 보여 주기 위해 계속해서 모습을 바꾸고 있다. 살아 움직이는 생명의 세계, 언제나 젊음을 잃지 않는 꿈의 세계인 것이다. 이 책은 이러한 상상의 세계, 모든 것이 살아 숨 쉬는 세계를 보여 주고자 한다. 각자 이를 바탕으로 또 다른 상상의 세계를 창조할 수 있기를 바라면서⋯⋯.

이 책의 저자 호르헤 루이스 보르헤스는 부에노스아이레스에서 태어나 유럽에서 교육을 받았다. 이와 같은 생애를 배

경으로 하여 그의 문학은 유럽 문학과 그리스 문학을 아버지로 하고, 신학과 신비 사상의 피를 받은 형이상학을 어머니로 하여 세계 문학에서, 특히 포스트 모더니즘 문학에서 독특한 위상을 차지하게 되었다. 그는 우리 시대의 주요 작가 중 한 사람으로서 1961년에는 사무엘 베케트와 함께 국제발행인상을 받았다. 《타임》지는 그를 "오늘날의 가장 위대한 에스파냐어 작가"라고 평했고 《뉴욕 헤럴드 트리뷴》지는 "의심할 것 없이 현대의 가장 뛰어난 남아메리카 작가"라고 평했다.

호르헤 루이스 보르헤스와, 마르가리타 게레로의, *El libro de los seres imaginarios*(부에노스아이레스, 1967)를 번역한 이 책은 전체 117편으로 구성되었다.

2016년 6월

남진희

상상 동물 이야기

1판 1쇄 펴냄 2016년 6월 13일
1판 3쇄 펴냄 2021년 3월 19일

지은이 호르헤 루이스 보르헤스
옮긴이 남진희
발행인 박근섭, 박상준
펴낸곳 (주)민음사

출판등록 1966. 5. 19. 제16-490호
서울특별시 강남구 도산대로1길 62(신사동)
강남출판문화센터 5층 (우편번호 06027)
대표전화 02-515-2000/팩시밀리 02-515-2007
www.minumsa.com

978-89-374-3306-1 03870

* 잘못 만들어진 책은 구입처에서 교환해 드립니다.